クライブ・カッスラー
& グラハム・ブラウン／著
土屋 晃／訳

●●

テスラの超兵器を粉砕せよ（下）

Zero Hour

扶桑社ミステリー
1571

ZERO HOUR (Vol.2)
by Clive Cussler & Graham Brown

Japanese translation published by arrangement with
Peter Lampack Agency, Inc.
350 Fifth Avenue, Suite 5300, New York, NY 10118 USA
through Tuttle-Mori Agency, Inc., Tokyo

テスラの超兵器を粉砕せよ（下）

登場人物

カート・オースチン ——— 国立海中海洋機関(NUMA)特別出動班班長

ジョー・ザバーラ ——— 同海洋エンジニア

ポール・トラウト ——— 同深海地質学者

ガメー・トラウト ——— 同海洋生物学者

ダーク・ピット ——— NUMA長官

ジェイムズ・サンデッカー ——— アメリカ副大統領

ハイアラム・イェーガー ——— NUMAコンピュータ・エンジニア

ヘイリー・アンダーソン ——— 理論物理学者

セシル・ブラッドショー ——— オーストラリア保安情報機構(ASIO)テロ対策局副局長

マクシミリアン・セロ ——— 原子力エンジニア

ジョージ ——— セロの息子。物理学者

ヤンコ・ミンコソヴィッチ ——— セロの警備隊長

アントン・グレゴロヴィッチ ——— ロシアの殺し屋

パトリック(パディ)・デヴリン ——— アイルランドの船乗り

25

カート・オースチンとジョー・ザバーラはまだ船橋にいた。最新の天気図がプリンターから出てくるのを待っていると、ページの途中で用紙が詰まり、機械の動きが止まった。

「何かした？」とザバーラが訊いた。

「どこもいじってない」とオースチンは言った。

ザバーラはコンピュータに歩み寄って印刷を再開させようとした。「変だな」

「どうした？」

「信号が来てない」

「テレメトリ信号が停止した」とウィンズロウ船長が言った。「朝からずっと不安定だったんだ。人工衛星を妨害する太陽フレアと関係してる」

たしかに、今年はその障害が起きてもおかしくない。一一年周期の太陽活動が最も活発な時期にはいっているのだ。太陽の黒点と太陽フレアが上層大気圏で強力な電磁波の嵐(あらし)を惹(ひ)き起こし、北極と南極の上空では驚くべき光のショーが展開していた。

オースチンは窓外に目を向けた。空一面に分厚い雲がかかっていなければ、南天オーロラか南極光の眼福にあずかっていたかもしれない。

「ちょっと空気を吸ってくる。リンクが復旧したら知らせてくれ」

オースチンは隔壁扉を開けて外に出た。冷たい突風に巻かれると、忍び寄っていた眠気も吹き飛ばされた。走行風が耳もとで音をたて、むきだしの肌を刺した。上着をかきあわせ、両手をポケットに突っ込んだ。

手すりの前で足を止め、しばしの孤独を楽しんでいると背後で扉が開いた。ヘイリー・アンダーソンが甲板(かんぱん)に姿を現わした。「カート」と叫んだ。「見つかった。たぶんセロを見つけたわ」

彼女はオースチンに近づき、恐るおそる手すりに目をやった。手にした二枚の紙がはためき、風に飛ばされそうだった。

オースチンがその紙を受け取ると、ヘイリーは両手で手すりにつかまった。

オースチンはプリントアウトに目を落とした。一枚めは弧と直線が描かれた海図だった。それは西を指していた。大海原にしか見えない。ページの端に標的の方位が数字で記されている。

「彼らはこの線上のどこかにいるわ」とヘイリーが言った。「二番めの検知器が作動していないから、正確な位置は特定できないけど、この線上のどこかにいる」

「確かか？」

「計算を二度見なおした。すべてチェックした。エラーはなかった。この方角にある何かがゼロ点場を乱しているの」

ヘイリーは顔を輝かせてオースチンを見あげた。そして背伸びをして短く口づけた。

「自発的な現象に身を任せてみたの」

オースチンは微笑した。「気に入ったよ」彼はヘイリーの頭の後ろに手をやって引き寄せると、正しくキスをした。

「そうね、あなたからのほうがずっと好き。もう一度試してもいい？」

「まずは船長と話してからだ」

「船長の許可がいるの？　船は船長のものだけど……」

「地図のことさ。新たに向かう先のことを」

「ああ……そっちね」

オースチンはヘイリーの手を取り、ハッチに向かいかけたが、水平線上の閃光に気づいて足を止めた。

夜に目を凝らしてみたが、見えるのは暗闇ばかりだった。

「いまのを見たかい？」

「見たって、何を？」

「光を」

「いいえ」とヘイリーは答えた。「なにも見なかったけど」

その場で花火見物でもするように待っているうちに、オースチンは胸騒ぎをおぼえた。うなじの毛が逆立つ感じがした。

やがて、ふたたび閃光が瞬(また)いた。今度はオースチンもはっきり目撃したが、それはストロボとも電光ともちがって、夏場の稲光のような仄暗(ほのぐら)い光が水平線一帯を照らした。ただし、空から射す光ではない。あたかも海洋全域で生物発光が起きたかのごとく、海そのものが光っていた。

「オーロラの影響は考えられるだろうか？」

ヘイリーは身体をふるわせて後ずさった。「オーロラじゃない」寒けが走ったような、恐怖をはらんだ声だった。

「あの正体は？」

「電磁波の放電よ」とヘイリーは言った。「ゼロ点場妨害がもたらした」

「原因はきみの検知器か？」

「ちがう」ヘイリーは首を振った。「わたしたちのじゃなく、ゼロの」

海がまたしても光った。今度はさらに光度が増し、船が下方に傾いた。突発的な事象に、オースチンとヘイリーは甲板に投げ出された。船首が沈んで、壁のような水しぶきが立ちあがり、滝となってふたりのまわりに降り注いだ。

オースチンは起きあがって船尾のほうを見た。泡の筋が暗い水面に延びていた。定規で引いたような直線で、しかも航跡にたいして垂直だったが引き波は見えない。

「カート」とヘイリーが叫んだ。

オースチンは前に視線をもどした。海がまたも光り、青緑色の淡い光がその正体の輪郭を闇に浮かびあがらせた。五〇ヤード前方で、また別の筋が海上を走った。皮を剝ぐように水面が引き裂かれ、眼前に深い谷が現われた。その谷は海を一直線に走っていたが、波ではなかった。垂直方向に盛りあがる力が働いていない。道路を横切る排水溝のように、海面に谷間が生じていた。

この谷間に、わずかな角度をつけて突っ込んだ〈オリオン〉の船体が横に揺れた。オースチンは片手をヘイリーの身体にまわし、渾身の力で抱き寄せると、反対の腕を手すりに巻きつけた。

船首は潜りこむことなく谷底を突っ切っていった。その反対側に到達するころには、船体は螺旋を描くようにせり上がり、オースチンとヘイリーは暴れ牛から振り落とされる恰好で宙に投げ出された。

デッキに着地したとたん、またも冷水の帳が降りてきて全身ずぶ濡れになった。

塩の味がした。最初の衝撃で負った擦り傷と目に海水が沁みた。ヘイリーが自力で立つのを待たずにその腕をつかみ、船内に避難しようと隔壁扉に向かって走りだした。前甲板は一フィートの高さまで浸水していた。海水は排水口に吸いこまれ、ヘイリーのプリントアウトも流された。

頭上にサイレンの音が響いた。衝突を警告する船内放送だ。船は大きく向きを変えていた。

「衝撃に備えろ！」船長の声がスピーカーから大音量で流れた。「総員、衝撃に備えろ！」

オースチンは船首の先に目をやった。船の照明が点灯し、正面に待ちかまえる新たな谷を照らした。おそらく距離にして一〇〇ヤード。最初のものよりさらに深くて広い。船体がすっぽり呑みこまれる幅に拡大していた。海の真ん中に断崖絶壁が出現したかのような光景だった。そして船はその崖っぷちを越えようとしている。

舵が利かないまま、〈オリオン〉はつんのめるように傾いた。スクリューが逆回転する際の振動が伝わってきた。

これは間に合わない。

オースチンはハッチの扉を引き、ヘイリーを押しやって自分も飛び込むと鋼製の扉を閉じた。ハンドルを押し下げて固定したそのとき、足もとから甲板が離れていった。

まるで遊園地の乗り物に乗っているような無重力の瞬間につづいて、オースチンはデッキに叩きつけられていた。一〇門の大砲が一斉に火を噴いたかと思わせる、尋常ではない轟音が船内をどよもした。水の壁に船体が直撃した音だった。つづく静寂に、オースチンは船が潜ったのだと察した。きちんと戸締まりをしておけば船は浮上する。だが、すぐに上昇する気配はなかった。数秒が過ぎ、ようやく船の動きに変化が出て上昇に転じた。そしてまもなく海から解放された。

水の束縛を離れ、船体を持ちあげた〈オリオン〉は、ブリーチしたクジラさながらに着水した。オースチンはヘイリーを助け起こして先を進んだ。

たどり着いた船橋は水に洗われていた。窓が一カ所、ガラスが粉々に割れていた。船長は舵輪をしっかりつかんでいたが、ざっくり切れた顎から出血している。副長は奥の隔壁に叩きつけられ、倒れて気絶していた。

ザバーラは割れた窓枠に金属板をはめているところだった。レバーをきつくねじり、板を固定している最中に主だった照明が消えた。

「停電だ！」と船長が言った。

美しく死を予感させる青い海原に、またも光が浮かんだ。眼前で新たな谷が口を開け、紅海のように水が分かれた。

動きつづける船の下に乱流の縁が迫った。またも船は沈みこんだ。

闇のなか、恐怖の自由落下は数秒のことだったが、それが永遠にも思えた。船体が谷底を打ち、衝撃とともにすさまじい金属音が響いた。リベットがはずれて船橋に届くほど高く飛び、どこかで竜骨が折れた。とどめを刺そうとばかりに、〈オリオン〉を囲んでそそり立つ水壁が、巨大な手と手を打ちあわせるかのようにぶつかった。怒れる海のこの最後の所業で、船上の全員が命を落としても不思議はなかったが、このふたつの巨手は叩きあわせることにエネルギーの大半を消費した。手と手が離れると、そこで創り出された潮流に難破船は水面まで引き上げられた。

浮上は一時で、ほどなく〈オリオン〉は波をかぶって沈みはじめた。

それまで持ちこたえていた窓ガラスも衝撃の余波で破損し、船橋は浸水した。海水は身を切るような冷たさだった。

オースチンはいまなおヘイリーに腕をまわしていた。非常灯の薄明かりのなかで、ザバーラが救命ボートのコンテナを開け、ウィンズロウ船長は必死になって乗組員に退避命令を出そうとしていた。

オースチンは救命胴衣を取ってヘイリーに頭からかぶせ、ベルトをきつく締めた。

「ジョーのそばを離れるな！」と叫んだ。

ヘイリーがうなずくと、オースチンは倒れている副長のところまで足を運んだ。気絶した男を担ぎあげて船長に託すと、下甲板につづく階段を見やった。

水が流入する階段をよろめきながら昇ってくる乗組員がいた。負傷していて、水の流れにかろうじて抗っている状態だった。オースチンはその乗組員を引っぱりあげてヘイリーにあずけた。ヘイリーは乗組員に手を貸し、救命胴衣を着せた。オースチンは手すりをつかんで階段を降りようとした。

「無駄だ」と乗組員が言った。「全員やられた。やられたときに逃げ遅れたやつは溺死した。この甲板の下は水没してる」

オースチンはそれを無視して、しぶきを上げながら階段を降り、冷たい黒い水に潜った。片手を壁につけ、じりじりと前進しながらかじかんだもう一方の手を伸ばし、乗組員を手探りで捜した。ひとりも見つからず、やむなく引きかえした。

水面に出ると、ガラスの割れた窓からふたたび海水が流れこんでいた。もはや水面に出ているのは船橋の上部だけだった。

ザバーラはオースチンの脇に腕を入れ、水没した階段から引き上げた。「あんたを自殺させるわけにはいかない」と声をあげながらオースチンをハッチへ引きずり、膨らませたオレンジ色のゴムボートまで連れていった。

オースチンをボートに放りこむと、ザバーラは後ろに飛び乗った。その勢いでボートは進み出し、〈オリオン〉は波に没した。あとは船内に残るエアポケットから空気が抜けるたび、くぐもった破裂音をたてるばかりだった。

オースチンは周囲に目を走らせた。下からかろうじて逃げてきた乗組員一名を別にすれば、脱出できたのは船橋にいた者だけだった。

六角形の救命筏は低い波に揺られていた。オースチンは闇を見つめ、ほかに救命ボートが出ていないか、人の姿はないかと目を凝らした。なにも見当たらない。だが、海に出現した奇妙な谷に先駆けて発生した例の光も見えなかった。「照明弾は？」

ザバーラはボートの救命袋に手を入れた。「六本ある。白が三本、赤が三本」

「白を一本発射しろ」とオースチンは言った。「人がいないか確認しないと」

ザバーラは信号拳銃を宙に向けて発射した。空を切って小さな火球が上空に上がり、波立つ洋上に強烈な白熱光が放たれた。オースチンは懸命になって視線を走らせた。眼前に空飛ぶ絨毯を思わせるうねりが広がっていた。

無数の残骸や破片が浮いていた。断熱材、未開封の備蓄品、未着用の救命胴衣など、浮力を有する物体が漂っている。ほかに筏は出ていなかったが、漂流物の間に浮き沈みする二名がいた。

「あそこだ」オースチンは指をさし、オールをつかんだ。

照明弾の光はその後一〇秒ほどで消えたが、ザバーラは懐中電灯も見つけだしていた。その光線が波間に漂う乗組員に向けられると、オースチンとウィンズロウ船長で筏を漕ぎ、二名の乗組員のほうへ向かった。

　オースチンはひとりめをボートに引っぱりあげた。無線室にいた女性乗組員だった。ふたりめの生存者は前夜の当直の最中に見かけた甲板次長だった。どちらも呼びかけに反応がない。さらにオースチンの目視が利かなかった二名が発見された。

「あの人たちは……生きてるの？」ヘイリーが歯の根が合わない口で訊いた。

「かろうじて」と船長が言った。「だが凍死しかけている。摂氏三度の海中ではすぐに低体温症にかかる。身体を温めてやらないとな」

「どうやって？」とヘイリー。

「体温で」とオースチンは言った。「全員で身を寄せあう。みんな、ずぶ濡れだ。保温しないと、あっという間に体温を奪われる」

　一同はボートの中央に移動をはじめた。たがいにもたれ、一枚のマイクロファイバー製の非常用毛布を頭からかぶった。懐中電灯を周囲に向け、ほかに生存者はいないかと捜索をつづけるオースチンとザバーラを除く全員で。

　着用者のいない救命胴衣を数着、布やビニールを何枚か、ある時点では役に立っていたはずの物を引き寄せたが、新たな生存者は見つからなかった。やがて、これ以上の捜索は意味がないという結論に達した。

「電池は節約したほうがいい」とオースチンは言った。

身を寄せあった一団にオースチンともども無事に合流するのを待って、ザバーラが懐中電灯を消した。

「男女三九名」と船長が言った。「海に何があったんだ？　こいつは何だ？　こんな波は見たことがない。行く手にクレーターが出現したみたいだった」

オースチンはヘイリーに目を向けた。

「原因はゼロの兵器よ」とヘイリーは硬い口調で言った。「重力をゆがめてしまうの」

「そのゆがんだ重力は固体よりも液体に影響が出やすい」とオースチンがヘイリーから聞いた説明をくりかえし、重苦しい声で補足した。

「いわばバブルで、一過性の現象よ」ヘイリーはどうにか先をつづけた。「きわめて局所的だけど、威力は強大。重力が水を脇にせり上げて、威力が消えてしまうと、船長の言ったクレーターは崩れてしまう」

「そして水は元の場所になだれこむ」船長は理解したことをほのめかして付け足した。

ヘイリーはうなずいた。「本当にごめんなさい」

「きみのせいじゃない」と船長は言った。

「いいえ、わたしは理論の構築に協力した。しかも、わたしが使った検知器で居場所が特定されたんだわ。そうとしか説明がつかない。わたしたちを見つける方法はそれしかないから」

ヘイリーを慰めようにも、オースチンにはかける言葉がなかった。どんなに楽天的な夢を描こうと、この難局を切り抜ける策など、ましてセロの悪意に満ちた脅しを阻止する方法など思いつきもしなかったのだ。

26

ワシントンDC　NUMA本部

南極に接近している小船団とワシントンDCの間には一二時間の時差がある。午前八時、NUMA通信室で早番の職員が深夜番から業務を引き継いだ。航空管制センターにどことなく似ている、広々として現代的な作業空間である。

そこからNUMAのチームや船舶は一日二四時間、週七日、世界じゅうで監視、追跡される。データと通信が多様な方法で送受信され、暗号化された衛星通信が優先的に使用されている。最高に効率的な手段であり、最高に安全で、最高に信頼できる。ただし機能していればの話だ。

バーナデット・コンリーは出勤して五分と経たないうちに、この日もそうしたテクノロジーの価値よりも、その厄介な面を思い知らされるはめになりそうだと覚悟した。

短い黒髪に明るいグリーンの目をしたNUMA入局一〇年のベテラン、責任感の強い職員であるバーナデット・コンリーは、洒落(しゃれ)た眼鏡をかけて装身具は少なめ、ディテールを重視する管理職として知られる。

シフトのいかんにかかわらず、勤務についたコンリーが最初にやるのは通信担当とともに、目下進行中の活動リストに問題解決か回避かを念頭におきながら目を通すことだった。この一週間は太陽のフレア活動が活発化しているせいで、その日課が骨の折れる仕事になっていた。

コンリーは夜間に問題が発生した船と活動班の長いリストをたどったのち、衛星追跡も通信もない時代に、海軍司令官はどうやって任務をこなしていたのかと不思議な思いに駆られた。

さいわい、過去一二時間の問題はほぼすべて解決していた。ひとつの例外を除いて。彼女は〈一五区〉と地域表示された制御盤にゆっくり近づいていった。一五区とはオーストラリアの真下の南極海ほぼ全域と、NUMAで〈南極圏ゾーン1〉と称される区域がふくまれる。

「〈オリオン〉はどうした?」と担当員に訊(たず)ねた。

「この一時間はデータなし」と担当員は答えた。「しかし、この二日間はこんな具合に動きがあって」

「〈ドラド〉と〈ジェミニ〉からデータは届いてる?」

担当技師はキーボードを叩き、無事を知らせる返信を受け取った。「しばらくは音信不通でしたが、現在は両船とも連絡がつきます」

その報告を聞いて、コンリーの胸に疑念がきざした。彼女は手を伸ばして技師のコンピュータのF5キーを叩いた。画面に表示された地図には、〈オリオン〉が最後に確認された場所もはいっていた。

「〈オリオン〉は他船よりも相当南下しているけど、太陽の活動はだいぶ弱くなってる。信号は受信しているはずよ。無線連絡は受けた？」

「彼らは〝無音航行〟中ですから」

「誰が乗ってるの？」

「オースチンとザバーラ」

ミズ・コンリーは溜息(ためいき)をついた。「だいたい、あのふたりは報告に関してだらしないから。無音航行の指令を出したのは誰？」

「ダーク・ピットから直々に」

NUMAの任務の大半は、いかなる確執も生じることなく進行する。少なくとも世界じゅうに存在する、お役所仕事的な煩雑な手続き以上のものはない。とはいえ、NUMAは設立当初から、あの手この手で悪事をたくらむ輩(やから)と渡りあってきた。〝接触禁止〟や〝無音航行〟、あるいは〝監視および追跡限定〟の指令が出ている場合、それはまず要注意、もしくは極秘の任務が進行中であることを意味する。相手にその存在を知らせかねない方法で、組織の船やチームに連絡を取るようなことをしてはならない。

衛星通信はそうした事態を回避する手段だった。傍受されたら位置を特定される無線放送とはちがい、ビームは暗号化され、船の位置を秘匿(ひとく)したまま送受信ができる。しかし、太陽嵐によって衛星が妨害されれば、遠方の船やその動向を追跡するはずの管理官は闇に取り残されてしまう。

「最後の通信にいつもとちがう点は？」

技師は首を振った。「通信が途切れたとき、データはすべて正常でした。トラブルの兆候もなかった。〈オリオン〉の緊急用信号発信機(ビーコン)も作動しなかったし」

緊急用ビーコンは自動の設定で、船が沈没した場合、人員が持ち場に不在でも作動する設計になっている。だがバーナデット・コンリーの記憶では、あまりに突発的な沈没によって装置がメッセージを出せなかった実例が一度だけあった。

「天気予報はどう？」

「とくにはなにも。西風によるうねり、波高は五、六フィート。〈オリオン〉が最後に確認された地点から約五〇〇マイルの海域で中規模の嵐が発生」

悪天候はない。しかも、乗り組んでいるのがオースチンとザバーラ。「変化がないか、目を光らせておいて」とコンリーは言った。「追跡不能になってることを長官に知らせるわ」

ダーク・ピットは報告を聞いてうなずいた。何かがおかしいと感じた。ハイアラム・イェーガーから来たつぎの電話で、その予感は深まった。

「国家安全保障局（NSA）から新しいデータが一束届きました」とイェーガーは説明をはじめた。「一時間余りまえに、ニュートリノの大規模な発生が観測されて。〈オリオン〉がいる付近で検出されてます」

「まずいな」とピットは言った。

「なぜ?」

「信号が途絶えた」とピットは答えた。「一時間まえから音信不通だ。ゼロ点エネルギー検知器を作動させようとした矢先に。大規模な障害に見舞われたか、あるいはもっと深刻な事態か。いずれにしてもゼロの発見は、他の船舶が検知器を早急に作動させられるかにかかっている」

イェーガーはしばらく黙りこんでいた。やがて、「それは微妙だな」と言った。

「なぜだ?」

「センサーがどう機能するか、本当に理解してる人間はいないし、それにこのゼロ点エネルギーはランプの精みたいなもので、それも気まぐれなんですよ。シミュレーションしても結果は一貫しない。だから、ありそうもないけど、なくもない可能性としては、検知器自体がゼロ点場に作用して、〈オリオン〉の全システムを停止させたか、さらなる惨事を惹き起こしたか」

ピットはその可能性を考慮した。「きみが懸念するのはそこじゃないんじゃないか?」

「ええ」とイェーガーは答えた。「それより、検知器のせいで〈オリオン〉の位置情報が洩れたんじゃないかなって。そして、監視に気づいたセロが……」

「対応する」

「そうです。セロが大陸をふたつに割る力を持ってるとしたら、小型船を攻撃するなんて蠅を叩くようなものだし」

ピットは〈オリオン〉の乗組員のことを考えた。親しい友人たちをふくむ三九人の男女が乗船している。「なぜ警告してくれなかったのか」と思いを口にした。「こうなる可能性があると、なぜミズ・アンダーソンはわれわれに伝えなかったのか」

「さあ。でも、あの検知器は使わせないほうがいいですよ」

「事はそう簡単じゃない。われわれにはやるべき仕事があり、時間はもうあまりない」

「時間制限があったとは知らなかったな」

「新しい手紙が届いた」とピットは説明した。「オーストラリア保安情報機構（ASIO）のセシル・ブラッドショーから、eメールで。きみに転送しておく。もう充分待ったというのがゼロの主張だ。いまから二日後の朝、シドニーに陽が昇ったらオーストラリアを攻撃すると予告している。その瞬間を、本人は行動開始時刻（ゼロ・アワー）と呼んでいる」

　イェーガーは黙っていた。

「答えが必要だ。それも早急にだ、ハイアラム。現時点で、ゼロを発見する手段はあの検知器しかない。検知器が安全かどうか知りたい。安全でないなら、きみにはゼロの居場所を特定する別の方法を、ゼロ・アワー以前に見つけてもらいたい。できれば、むこうが行動に出ても攻撃を阻止する方法を」

「やってみます」とイェーガーは言った。「われわれはこれまで、このエネルギーの爆発につながる奇妙な流れを特定してます。ミズ・アンダーソンの研究によれば、その爆発は泡に似た、三次元の波のようなものを発生させるとか。その泡の形成を止める方法は解明できるでしょう。泡が出来てしまったら、それを潰（つぶ）す方法とか」

「進展があれば知らせてくれ」

　イェーガーが同意すると、ピットは電話を切った。一瞬だけためらってから、通信室に電話をかけることにした。

彼は早口で言った。「ミズ・コンリー、どんな手段でもかまわない、とにかく〈オリオン〉と連絡を取ってほしい。音沙汰（おとさた）がなければ、〈ドラド〉と〈ジェミニ〉に最後に確認された〈オリオン〉の位置情報を伝えて、捜索救助活動を開始するよう指示を出すんだ」

「ほかには？」

ピットはもうひとつ指令をくだした。「使用していた新型の検知器を動かさないように、他の船舶に勧告を出すこと。追って私からの指示があるまでは、いかなる場合でも使用禁止とする」

電話を切ると、第二の回線のベルが鳴った。ジェイムズ・サンデッカー副大統領からだった。その声はやかましい電子音にひずんでいた。どうやら飛行中らしい。

「海軍のブラックホークが四分後に屋上に到着する」とサンデッカーは言った。「それに乗ってもらう」

「いまは少々立てこんでますが」とピットは答えた。

「わかってる」とサンデッカーは言った。「ハイアラムがテスラに関するデータをもっと開示しろとＮＳＡに矢の催促をしてる。なかなか応じてくれないからと、ハイアラムはＮＳＡのコンピュータシステムにハッキングして、ファイルをいくつか持ち出した。ハイアラムのことは知っているが、きみの命令がなければそこまでやるまい」

捕まるのは承知の上だったが、こんなに早くとは思っていなかった。「彼には、私が見て見ぬふりをするという印象をあたえてしまったかもしれません。しかし、むこうももったいぶるのはどうなのか。この期におよんで」

「友よ、きみは運がいいぞ。私のほうで、きみに協力するようにさせた。NSAはテスラに関する資料のすべてをきみに提供する。だが、まずはきみに見せたいものがあるらしい。さあ、あと三分だ。屋上で会おう」

選択の余地はない。ピットは息を吐いた。「目的地は?」

「ヘリコプターはアンドルーズへ向かう」サンデッカーは、ワシントンの南東一〇マイルにある空軍基地の名前を出した。

「そこからは?」

「離陸したらわかる」

27

NUMA所有船〈ジェミニ〉
〈オリオン〉の最終確認地点から約七五〇マイル北東

〈ジェミニ〉の暗い通信室で、ガメー・トラウトはコンピュータのスクリーンを見つめていた。新たな任務指令がNUMA本部から届いた。

ポール・トラウトはガメーの隣りに座り、その指令を読みあげた。

「〝〈オリオン〉はいかなる通信手段にも反応なし。〈オリオン〉の最終確認地点へ急行せよ。捜索救助活動、もしくは生存者が発見されない場合は捜索回収活動を開始するよう準備すること。〈オリオン〉の半径五〇マイル以内において、通信衛星は赤外線の痕跡(こんせき)を検出していない。上空は厚い雲に覆われているため、現時点で目視による確認は不可能〟」

報告書はやけによそよそしい文面だった。友人や同僚が多数乗っている船舶についいてのものとは思えない。

「ありえないわ」とガメーは言った。「緊急信号はなかったの？　遭難連絡も？　NUMAの船がそんなにすぐ沈むわけがないのに」

ポールはつづけた。「〝追加の指示はミズ・アンダーソンによって提供されたアレイ検知器について。いかなる場合でも当該機器は稼働禁止とする。すでに稼働ずみの場合、〈ジェミニ〉のシステムから配線を分離し、使用不能にすること。〈オリオン〉のアレイ検知器作動、NSAの地上局が探知した高エネルギーのニュートリノ放出、そして〈オリオン〉の通信途絶の間には、時間にもとづく直接的な因果関係がある。検知器が不具合であったかは依然不明だが、現時点でその可能性は排除できない〟」

アレイ検知器が起動してわずか数時間だった。

「自爆したなんてことがある？」

「セロの研究所を破壊した焼尻島（やぎしり）での爆発は、まだ実態が解明されてないんだ」とポールは言った。「でもイェーガーは、検知器のせいで位置情報が洩れ、セロの攻撃を招いたんじゃないかって考えてる」

〈ジェミニ〉はすでに転針を開始していた。増幅されたエンジンとスクリューの音が身体に伝わってきた。ガメーは海図に目を向けた。

「七五〇マイルということは、三〇時間。長すぎる。助からないわ」

ポールも表情を曇らせた。「海水に浸かっていたら、もう命はない。三時間も三〇時間も同じことさ。救命ボートに乗っていることを祈ろう」

ポールの思いは理解できたが、ガメーは現実を見ていた。「緊急用ビーコンが信号を出す間もなく船が沈没した場合、救命ボートで脱出できる可能性はあるかしら」

ガメーは〈オリオン〉の乗組員の運命を想像していた。夜間、外気温は氷点下一〇度まで下がるから、海水温は零度前後のはずだった。

ポールは腕を広げ、ガメーを抱いた。「望みは捨てないぞ。ぼくらはね」

「あなたのそこが好きなの、ポール。頭にくることもあるけど、あなたはわたしが求めてるものをちゃんとわかってる」

「カートとジョーが生きてることもわかってる」とポールは言った。「それにあの船に乗ってる男も女も、しっかり訓練を受けてる。見捨てるのはまだ早い。それより、現地に着いたら支援ができる準備をするんだ」

ガメーはポールの腰に両手をまわしてうなずいた。「わかった。でも、いまはもうすこし抱いて。もうすこしだけこうしていたい、現実の世界にもどるまえに」

〈ジェミニ〉から七五〇マイル、〈オリオン〉の生存者たちはオレンジの小さな救命筏の上で身を寄せあい、やむことのない西風のうねりに煽られていた。

四時間の大半を、彼らは漆黒の闇のなかで揺られていた。空には密雲が垂れこめて月も星も見えなかった。腕時計のかすかな光を除いて、どの方向にも明かりは見えなかった。

闇より気が滅入るのが静寂だった。だが、何より寒さが堪えた。

寒気が濡れた着衣の男女を衰弱させていた。保温性のある毛布の下で身を寄せても、深部体温はじわじわ下がっていた。最後にとった食事が消化されたら、体温低下は加速していく。

すでに空腹をおぼえていたオースチンは、食べ物のことは考えないように、酒を片手に地中海のビーチで日光浴する姿を思い浮かべようとした。しかし、そんな空想がつづくはずもない。

一同は茫然としていた。それは抑鬱状態とも似ていた。それを打破しなければ、とオースチンは考えた。

「おまえの宇宙人の友だちが迎えに来てくれる見込みは?」とザバーラに耳打ちした。

「おれなら凍てつく救命筏より、緑色をした小男と暖かい宇宙船のほうを取るな」

ザバーラは肩をすくめた。「やつらも寒いのは苦手らしい。ロズウェル。エアーズ・ロック。チチェン・イッツァ。その近くで難破したら見込みはあるかな」

どれも近くに水はないぞと、オースチンはあえて指摘はしなかった。

「〈ドラド〉も〈ジェミニ〉もそう遠くない。ビーコンが発信されていれば、もうこっちに向かっているさ」

「ホットチョコレートのマシンは積んでる?」とザバーラが訊ねた。

「そう願うよ」

「サウナは?」と誰かが言った。

「NUMAはそんな予算をつけないだろう」

「残念だ」とザバーラ。

「乾いた服と暖かいベッドでよしとする」オースチンは応じた。「それはそれとして、いまはドライサウナを思い浮かべてるところだ。なめらかな木の板が張りめぐらされ、ユーカリ油の香りが漂ってる。でも、どうもうまくいかないな。気力で乗り切るこの作戦は案外難しいらしい」

「どうかな」とザバーラが言った。「おれは船が近づいてくる音がするって、自分に言い聞かせてる」

オースチンは首をかしげた。なにも聞こえない。

「どんな船だ?」言葉がうまく出なかった。唇が凍りかけていた。

「大型のりっぱなヨット。乗ってるのはプレイメイト、小麦色をしたハワイの娘たち、酒がそろったバーがある。聞こえてくるのは、ジャズバンドが演奏するルイ・アームストロング」

「そろそろ限界だな。でも、どうせ空想するなら……」

オースチンは途中で口をつぐんだ。なぜだか遠くにエンジン音が聞こえた気がした。風があれば耳に届かなかったかもしれない。だが風は凪ぎ、静まりかえっていた。

毛布をめくりあげたオースチンに、周囲がうろたえた。「おい」と誰かがこぼした。

「何のつもりだ」

「静かに」

「えっ？」

「ジョーが船の音を聞いた。おれも聞いた」

オースチンは夜目を凝らした。船がいれば闇に航海灯が映えるはずだが、なにも見えなかった。

「聞こえる」とヘイリーが言った。「わたしにも聞こえる」

オースチンは、集団ヒステリーの可能性を熟慮した。難破船の生存者の間に広がるものだが、ふつうは低体温症や脱水症状を起こして数日後に現われてくる。

「照明弾をくれ」とオースチンは言った。

ザバーラは信号拳銃をオースチンに手渡した。いまや重たいディーゼルエンジンの音がはっきりと聞こえていた。なぜか無灯火で航行中の船が洋上を近づいてくる。

オースチンは銃を空に向けて引き金をひいた。照明弾は中空にまっすぐ飛び出し、周囲の海上を白色光で照らした。半マイル先に貨物船の船首が見えた。およそこちらに向かってくるが、東側へと逸れるのではないか。

「われわれの船じゃない」とウィンズロウ船長が言った。

「バンドとバーを完備したヨットでもない」とザバーラが言った。「でも、それで我慢する」

照明弾の持ちは四〇秒で、海に落ちると闇がもどった。

彼らは待った。

「あれを見落とすわけがない」ザバーラが語気を強めた。

オースチンは照明弾をもう一発、薬室に装塡した。「彼らが眠ってたり、テレビを見たりしてないことを祈ろう」

二発めの照明弾を射とうとしたそのとき、大型エンジンと減速ギアの音が変化した。

「速度を落としたぞ」ウィンズロウが歓喜の声をあげた。

オースチンは貴重な照明弾の発射を見合わせた。そして待った。希望を抱いて。

大型船の船尾付近で投光器が点灯された。海上をよぎった光がオレンジ色の筏を照らし、そこで動きを止めた。一瞬消えたと思うと、光の点滅でメッセージが送られてきた。

「懐中電灯を使え」とオースチンは言った。

ザバーラは縁に寄って懐中電灯を点け、モールス信号でSOSを送った。

船からさらに点滅の合図が来た。

「こっちに来る」オースチンが口を開く間もなく、船長が声を出してメッセージを読んだ。「われわれを収容してくれる」

ボート上を歓声が駆け抜けた。

投光器の強い光に照らされながら、生存者たちは貨物船が針路を変える様子を見守った。はっきり速度を落として向きを変えると、救命ボートの西側一〇〇ヤードの位置でうねりをいくぶん遮るかたちで停止した。

オースチンとザバーラは、その距離を埋めようと必死でボートを漕いだ。努力は報われて、オレンジ色のゴムボートは青い塗装の舷側にぶつかった。

三〇フィート頭上で、舷側の広いカーゴハッチが開き、人の顔がいくつか現われた。負傷した乗組員を引き上げるバスケット型の担架が降ろされた。負傷者の救出後、残る生存者は垂らされた貨物ネットを梯子代わりに登っていった。

ひとりずつネットを登り、最後になったのがオースチンと船長だった。

「先へどうぞ」とオースチンは言った。

ウィンズロウ船長は首を振った。「私の船は私を置いて沈んだ。せめて、救命ボートを降りるのは最後でありたい」

オースチンはうなずき、信号拳銃をベルトに挿すと貨物ネットを登った。

下に目をやると、ウィンズロウが貨物ネットにしがみつき、オレンジの救命ボートは流されていった。実のところ、幸運だったのだ。運よく沈没を生き延び、運よく低体温症を免れ、運よく救出された。

運がいいどころか、大幸運に恵まれた。救助者はNUMAでも、海軍でも、沿岸警備隊でもない。船は商船だった。頭上四〇フィートあたりに、三段に積みあがった輸送コンテナの角張った輪郭が見て取れる。

ふとある思いが浮かんだ。疲れて凍りかけていた頭脳にひらめきが走った。現在地は最寄りの通商航路から一〇〇〇マイルも離れている。では、コンテナ船がここでいったい何をしているのか。

その答えは、ハッチに引きこまれたところで半ば出た。側頭部に押しつけられた黒い拳銃という形で知らされた。

オースチンは周囲に目をくばった。ほかの生存者らはひざまずいていた。AK-47を操る険しい顔の男たちに取り囲まれていた。

上がってきたウィンズロウ船長も同じ扱いを受けた。

武装集団のひとりが船内電話を取ったことで、オースチンは残る答えを知った。

「ああ」とその男は言った。受話器を耳にあてたまま人質のほうを振りかえった。「最高にツイてる。なかにあの女もいる」

「ロシア人か」とオースチンはつぶやいた。

男が電話を切ると、ふたたびスクリューが回転をはじめる振動音が響いた。男はオースチンのそばに来た。背は高いが痩せ気味だった。顔の半分が瘡蓋で覆われている。それでも男の正体はわかった。

「また会ったな」ヴィクトル・キーロフはそう言うと、ＡＫ‐47の銃身をオースチンの脚の裏側に叩きつけた。

オースチンは膝をついた。このときばかりは脚の感覚が麻痺していたことに感謝した。

反撃や皮肉を返したくなる衝動を抑えた。キーロフが銃を撃たなかったことからして、その選択は賢明だった。というか、キーロフが開いたハッチへ歩を進めるまではそう思っていた。船が速度を上げるにつれ、ハッチから冷たい空気が流れこんできた。

「あんたは走ってる列車からおれを落とした」キーロフは眼下の冷たい海を覗きこんだ。「そのお返しをするのも因果だな」

キーロフは手下にうなずいた。「こいつを放り出せ」

男がふたりがかりでオースチンを押さえ、ドアのほうへ連れていこうとした。オースチンはひとりの腕を振りほどき、もうひとりを殴ったが、そこに三人めが参加した。

　オースチンに注目が集まった隙を突いて、ザバーラが上体をひねり、自分に向けられたAK‐47を振り払った。膝立ちのまま、見張りの股間にアッパーカットを放った。見張りは武器を落として倒れ、苦悶の呻きを発した。

　ウィンズロウ船長も乱闘にくわわり、別の見張りに体当たりして、撃つ隙をあたえずに組み伏せた。

　この第二の騒ぎに、キーロフは気を取られていた。その間に、オースチンはまだ応戦していた見張りに蹴りを入れて片づけた。そしてキーロフに突進し、残る人員が再結集するまえにヘッドロックを決めた。

「もういい！」

　オースチンの声が狭い空間を仕切る金属の壁に響きわたった。全員の視線が集まった。オースチンは腕一本でキーロフの息の根を止めようとしていた。さらには反対の手に握った信号拳銃をキーロフの頰に押しあてていた。

　場は不穏な膠着状態におちいった。ザバーラは床に落ちたライフルを取ろうとしたが、近くの見張りが武器を掲げた。

「銃を下ろせと部下に命じろ」とオースチンは怒鳴った。「さもないと、おまえの皮膚を剝いてやる。完治不能だぞ」

キーロフは息を呑んだ。オースチンの腕に圧迫された喉仏が上下した。

「銃を下ろせ」とキーロフは言った。「ただし捨てるな」

勝利は半分か、とオースチンは思った。完敗よりはましだが。

つぎの一手を思案していると、隔壁の扉のラッチがはずれる音がした。

振りかえると、扉が大きく開き、オークの木のような男がハッチを抜けてきた。その図体に似合わず、動きに澱みがなかった。濃いカーキのズボンに黒いセーター。頬骨が高く角張った顔はスポーツカーのミラーを思い起こさせる。

ロシアの武装集団は、この男が現われると即座に居住まいを正した。キーロフの上役だな、とオースチンは察しをつけた。いかにもそれらしかった。黒い二挺の拳銃が、胸の両脇のショルダーホルスターにそれぞれ収まっていた。

「なんの騒ぎだ?」と男は言った。

「ちょっとした見解の相違だ」とオースチンは言った。「あんたの部下のナメクジが、おれを海に放りこもうとした。こっちとしては、キャッチ・アンド・リリースでやられる気はないんでね」

「そういうことか」

「あんたは何者だ? 列車には乗ってなかったな」

「私はグレゴロヴィッチ」と男は名乗った。「そして、そちらの言うとおり、あの惨めなエピソードは回避した」

アントン・グレゴロヴィッチは周囲に目をやった。「この状況で最善を尽くしたわけだな」とオースチンに言った。「しかしながら、多勢に無勢だ。値打ちがあるのは女だけでね。こちらにとって、キーロフはたいした切り札じゃない」

部下のひとりに向かって、「どっちも射殺しろ」と言った。

武装した男がライフルを構えると、オースチンはキーロフを人間の盾に、グレゴロヴィッチの顔面に照明弾を撃ちこもうとした。

「待って！」と叫ぶ声がした。

ほかでもない、ヘイリーだった。

「知っているのはこの人だけよ」ヘイリーは大声で言った。

またも殺戮(さつりく)の寸前ですべての動きが止まった。

「誰が何を知ってるって？」とグレゴロヴィッチが訊ねた。

「脅迫のことはわたしも知ってる」とヘイリーは言った。「まずわたしの国が罰を受ける。そのつぎはロシアで、そのつぎはアメリカ。あなたはロシア人でしょう。わたしたちと同じく、セロの行方を追っている。だからここにいる。だから、わたしを列車から連れ去ろうとした。わたしに協力させればセロが見つかるって考えているのかもしれないけど、それはちがうわ。セロの居場所を知っているのはカートだけよ」

オースチンはかすかな希望を感じた。とっさによく思いついたものだ。

「そんな話を、私が信じるとでも思うのか？」筋骨隆々としたロシア人は言った。

「きみは科学者だ。彼らがきみを帯同するのには理由がある。われわれがきみを拉致しようとしたのも同じ理由だ。きみがセロの計画を理解しているただひとりの人物だからだ。したがって、セロの行方を探し出せるのが彼ではなく、きみだということは明白だ」

「コンピュータがセロの居場所を割り出したわ」ヘイリーはなおも言い募った。「わたしはプリントアウトをして、カートに知らせに走った。数字と線が印刷されていたけど、わたしには方位角のことも、距離のことも、座標のこともわからない。そもそもシドニーを離れるのだって嫌なんだから。渡したプリントアウトを見て、カートは内容を理解した。行く方向を間違えているって言われたわ。そこで波に襲われて船が壊れ、三〇秒で沈没したのよ」

武装した男たちが顔を見合わせた。

「何が起きたのか、われわれも疑問に思っていた」とグレゴロヴィッチは言った。

「大量の瓦礫に遭遇した。乗組員も何人か発見したが、残念だが全員死亡していた」

「セロの兵器はもう配備されてる」とヘイリーは言った。「わたしたちが見つかったのは、パルスを送信したからよ。つまり、わたしが検知器を提供しても、それを作動させるのは自分の死刑執行令状に署名するようなもの。わたしたちみたいに、セロから壊滅的な攻撃を受けるわ」

グレゴロヴィッチはオースチンに向きなおった。「うまい説明だが、状況は一時的にしか変わらない。きみからこちらの知りたいことを話してもらおうか。でなければ、きみの友人たちをひとりずつ殺していく」

オースチンは、どのみちそうなると考えていた。「いや、そううまくはいかない」

ロシア人は眉を上げた。「私が言ったとおりになるんだ」

「あんたは愚か者には見えない」オースチンは切り出した。「だから、こっちのことも見くびらないことだ。そっちの知りたいことを教えたら、われわれは用済みになる。全員死ぬ運命だ。唯一の取引き材料を渡して命が助かると思うほど間抜けじゃない」

「ならば、きみを拷問にかけて吐かせる。私が口を割らせてやる」

オースチンはロシア人の殺し屋の目を見た。「やってみるがいい。たぶん口を割るさ。場所も教える。ちがう場所を一ダースでも教えてやれば、そっちは獲物を追って南極あたりを永遠にさまようことになる。なんだったら、セロの目の前まで連れていこうか。むこうは手ぐすね引いて、われわれにやったようにこの船を粉砕するだろう。そうなってみたいんだったら遠慮はいらない、口を割らせればいい。何が出てくるかはわからない」

オースチンの挑発に、グレゴロヴィッチは心が動いたようだった。現に含み笑いを洩らしていた。「みごとな回答だ。それどころか、きみの言い分を信じる。仕方なくではない、私もきみの立場ならまったく同じことをしたからだ。ただ、私は受けた命令は遂行する……完璧にね」

「だったら手伝わせてくれ」

グレゴロヴィッチは目を細めた。

「どちらも目的は同じだ」とオースチンは言った。「ゼロを止める。そちらはタイミングなど気にしないかもしれないが、こっちとしてはオーストラリアが荒らされるまえにやりたいんだ」

「われわれにはゼロを止める力がある。ゼロの居場所を話してくれれば、その隠れ家を殲滅する。誓って言うが、任務が完了したらきみと乗員は解放する」

「いい考えがある。あんたをゼロのところまで連れていく。ともにあいつを倒すんだ」

グレゴロヴィッチは大きく息を吸った。交渉を、あるいは何らかの妥協を迫られていることに腹立たしさを感じたようだった。最初の提案が気に入らなければ、細かい条件を呑むこともないだろう。

「それから」とオースチンは言った。「こっちにも銃をもらおう。ライフルと予備のクリップを、おれとジョーと船長に、そのほか必要とする乗組員にも」

「わたしも数に入れて」とヘイリーが言った。

「私にも一挺」と副長も声をあげた。

グレゴロヴィッチは驚きの表情をした。「きみたちを武装させるのか？　この船の上で？」

「そうだ。そうするまでは何も話さない」

グレゴロヴィッチは憤っていた。目を半眼にして顎を引き緊めた。罠に掛かったことに気づいたのだ。だが、言下に拒否はしなかった。それは少なくとも考慮はしているということだった。

「わが国に〝力による平和〟という表現を用いた同胞がいた」オースチンはロナルド・レーガンを引いて言った。「貴国とアメリカは半世紀にわたり、核兵器でおたがいを牽制してきた。緊張をはらんでも、均衡を保つためだ。しかし、誰も引き金をひかなかったから、それがうまくいったんだ。われわれも同じ仕組みで、共通の目標を掲げてこの数日を乗り切っていくことができるんじゃないだろうか」

「狂ってる」とキーロフは言った。

オースチンはキーロフの首を絞めあげ、グレゴロヴィッチに目を据えた。

「歩み寄れないかな？」

グレゴロヴィッチは隔壁にもたれた。思案にふけるように顎をさすっていた。彼の頭のなかでギアの切り替わる音が、オースチンにも聞こえた気がした。

「きみに拳銃を一挺渡そう」グレゴロヴィッチはようやく言った。「それと、きみの選んだ友人にライフルを一挺。こちらからあたえられるのはそれですべてだ。死以外には」

「共通の目標を達成するまでは」とオースチンは念を押した。

グレゴロヴィッチはその発言に反応しなかった。ザバーラのほうを見ただけだった。

「きみだ。武器を取れ」

ザバーラはライフルを拾いあげた。すばやく確認してグレゴロヴィッチに狙いをつけた。それにたいし、ふたりの男が自分の武器でザバーラを狙った。

「ほら？」オースチンは言った。「みごとに均衡がとれた」

オースチンはキーロフを放した。そして信号拳銃をウィンズロウ船長に手渡し、甲板からマカロフをつかみあげた。スライドを一インチ引き、薬室に弾がはいっているのを確かめて撃鉄をもどした。

「これでそちらも武装した」とグレゴロヴィッチは言った。「では船橋へ同行のうえ、航海士に針路を指示してくれ」

オースチンが仲間たちに目を向けると、おまえの分別を信じるとでも言いたげな視線が返ってきた。オースチンは自信たっぷりにうなずいた。「案内してくれ」

ロシア人はハッチを抜けた。オースチンはそれにつづき、キーロフ以下も後に従った。

船橋までは一分とかからない。あとは足を引きずって時間を稼ぐぐらいしかない。だが、その間にプランを立てるのだ。貨物船に正しい針路を取らせて、しかも自分をふくめたＮＵＭＡの生存者を犠牲にすることなくロシア人たちを満足させるプランを。せいぜい二分、とオースチンは見積もった。時は刻々と過ぎていった。

28

二三四〇時
商船〈ラーマ〉の船橋
〈オリオン〉沈没地点の南東五マイル

「そろそろいいかな、ミスター・オースチン」

これはグレゴロヴィッチの発言だが、その言葉は誰が発しても不思議はなかった。特殊部隊員も、この貨物船を操縦するベトナム人乗組員も、NUMAの生存者たちも、その場にいる全員がオースチンに期待のまなざしを向けていた。

八ないし一〇人でいっぱいの一室に二〇人が詰めかけ、その半数が銃を携帯している。ちょっとしたきっかけで惨事になる……

「方位をくれ」追い打ちをかけたグレゴロヴィッチが、拳銃を掲げて撃鉄を起こした。

オースチンは前方をひたと見据えていた。前に置いた海図台は驚くほどモダンなもので、大型のタッチパネル式モニターが配されている。黒の境界線がはいる白い画面は、古い海図に下から光を当てた際の見え方とほぼ同じだった。ちがうのは画面を左右に動かしたり、拡大／縮小ができるという点だった。潮流や風、潮の干満も表示された。多様な形式で情報を呼び出すことができるのだ。

いまはオースチンの役に立つ情報はなかった。〈ラーマ〉の位置が中央に表示され、あとは海図の縁まで深海域が広がるばかりである。

「縮小」とオースチンは言った。

ベトナム人航海士がグレゴロヴィッチに目をやった。グレゴロヴィッチはうなずいた。

航海士がタッチパネルの画面にふれ、小さなマイナス記号が内側にある虫眼鏡のアイコンをタップした。画面はその解像度を調整して新たな倍率で落ち着き、四〇〇マイルの範囲を表した。

「縮小」とオースチンはまた言った。

このやりとりがさらに何度かつづき、しまいに海図は南半球の大半におよんだ。

「この地図上にないとすると、もっと燃料が必要だ」とグレゴロヴィッチが言った。

部下たちは笑ったが、引きつった笑いだった。

「二倍に拡大」

今度は、地図上の右上に位置していたパースおよびオーストラリア南西端地域にふたたび焦点が合った。画面下方には南極のぎざぎざした海岸線が横たわっている。左隅にはマダガスカルの先端部分が映りこんでいた。

オースチンは地図中央の〈ラーマ〉の位置を示す点に視線を据えた。何かを見るときには周辺視野を使って、探しているものを悟られないように瞳（ひとみ）を動かすまいとした。頭はめまぐるしく働いていた。方法はあるはずだった。

船が向かうべき方向はわかっていたが、ロシア人たちには位置を特定されることなく、〈ラーマ〉を目標地点へ向かわせるにはどうすればいいか。

グレゴロヴィッチが近づいてきて、オースチンの後頭部に冷たい銃口を押しあてた。

「催促はこれで最後だ」と言った。

海上での武力衝突を長年研究した記憶から、答えがひらめいた。第二次大戦中にUボートをかわした連合国の船団のように、数時間ごとにほぼ不規則に針路を変更し、ジグザグに航行するのだ。

そうした針路変更にはふたつのメリットがあった。ひとつにはロシア人たちに気をもたせることで、オースチンらNUMAの乗組員の延命がはかれる。もうひとつは、コンテナ船が世界の底のほうで迷走し、狂った動きをしていることにたまさか気づき、疑問に思う人間が出てくるかもしれない。

「操舵手（そうだしゅ）」オースチンは海図の中央から視線をはずさずに言った。「真方位で一九五度を取ってくれないか」

グレゴロヴィッチは拳銃を下ろし、後ろに退いた。全員の目が海図に集まった。操舵手が座標を入力した。海図に一本の線が現われた。わずかに西寄りだが、ほぼ真南を指していた。南極大陸から突き出した小半島の先端をかすめている。

「するとゼロの基地はそこか？」キーロフがずけずけと訊いた。「南極？」

オースチンは返事をしなかった。視線を動かさずに船の速度を計算した。〈ラーマ〉は転回をはじめた。ジグザグ航行の第一段階である。オースチンは腕時計を見た。四時間、と心の内でつぶやいた。四時間後に新たな方位を指示する。

「答えろ」キーロフがオースチンにつかみかかった。

「待て」とグレゴロヴィッチが怒鳴った。「まだ道の途中だ。万が一コースをはずれたら、われらが北極星のミスター・オースチンが軌道修正をしてくれるだろう」

オースチンの狙いはあきらかに読まれている。グレゴロヴィッチは、それでかまわないといった態度だった。彼がウィンズロウ船長に新たな武器を手渡したことで、その思いは強くなった。

「緊張緩和（デタント）だよ」とグレゴロヴィッチは説明した。そしてベトナム人乗組員に向かって指を鳴らした。「みなさんを船室へ案内しろ。ミスター・オースチンと私は一杯やる」

オースチンの期待をしのぐほどの状況だった。ある程度時間を稼げて、しかもこちらにはライフル二挺と拳銃がある。とりあえず朝までは寿命が延びるかもしれない。

靄（もや）のなか、ダーク・ピットは背の高いマツやヒマラヤスギに囲まれた小高い丘に立っていた。サンデッカー副大統領と爆撃機B‐1に搭乗し、大陸を横断した。マッハ2の速度で飛び、現地時間によれば、出発のほぼ一時間まえの時刻にカリフォルニア州北部のトラヴィス空軍基地に到着した。

すばらしい乗り心地で、ピットはパイロットとしても飛行を楽しんだ。旅の目的をあらかじめ知っていたら、もっと楽しめたかもしれない。

トラヴィス空軍基地でCH‐53シースタリオンに乗り換え、北西部へ向かった。眼下に絶景が広がる空域を移動し、やがてはソノマ湖を見渡す、人を寄せつけない岩がちな山頂に着陸した。

ピットとサンデッカーは、そこでNSA長官のジム・カルヴァーと落ち合った。カルヴァーはひどく立腹していた。仲裁役のサンデッカーがその場にいなかったら、ピットとカルヴァーで殴り合いになっていたかもしれない。

「きみたちは何様のつもりだ？　ＮＳＡの安全なデータベースをハッキングした？」

「一日でやれたんなら、さして安全じゃないってことだな」ピットはそう答えた。が、イェーガー並みの腕を持つ者がまずいないことは知っている。

「それにだ」とピットは言葉を継いだ。「そちらがテスラに関して、テスラが七〇年まえに燃やすだか隠すだかした計画に関してさっさと回答を出していれば、よけいな手間も省けた」

「では、認めるんだな？」

「ああ、認めるとも」とピットは言った。「一国の全土を駐車場に変えると脅してきたテロリストがいる。私は草の根を分けてもその男を捜し出し、犯行を阻止する。それでそちらのご機嫌を損ねようが知ったことじゃない。すでにわが組織の船一隻が行方不明だ。乗員もろとも沈没した可能性がある。彼らの命とくらべたら、あんたが護ろうとしてる機密なんてどうでもいい」

カルヴァーはたじろいだ。ウォール・ストリートで重役にのし上がり、政界に転じて築いたキャリアをもってしても、生死にまつわるピットの迫力を受けとめる覚悟はなかった。ピットのオパールを思わせる緑の瞳に宿った怒りに、自分のほうが一インチ背が高く、三〇ポンドは目方があることを忘れていた。

カルヴァーはサンデッカーのほうを向いた。「彼があなたの友人であることは心得ていますよ、副大統領。その肩を持とうという気持ちもわかります。でもこれは許しがたい」

「彼が友人であるのはもちろん」サンデッカーは誇らしげに言った。「そればかりか、彼は愛国者として、きみやきみの抱える策士たち、役人たちを束にしてもかなわないほど多くのことをわが国のためにやってきた。したがって、きみの問題がどうあれ、きみはそれを呑みこまなければならない。連携してこの件に当たれというのが大統領の命令だ。そのためにわれわれはここにいる」

「その危機の正体について、おふたりは何かご存じなんですか?」とカルヴァーは言った。

「そちらは?」とピットは言った。

カルヴァーは憤懣をあらわにした。とにかく護ろうとしていた立場が崩れたのである。「よろしい。ですが、ここは理解してもらいたい。これからお見せするものは、歴代の合衆国大統領と限られた一握りの者にしか知らされていない。議会の上層の人間すら知らないことです。最高レベルの国家機密とされています。これを他言することと、ここで目にするものを暴露することは処罰の対象になる。それはあなたにも適用される、ミスター・ピット」

ピットは周囲を見まわした。「どこが大きな秘密になるのか、よくわからないが。

見たところ、国立公園といった風情だな」

「いや」とカルヴァーは言った。「あなたが立っているのは大惨事の起きた場所だ。ここは一九〇六年のサンフランシスコ地震の震源地で、世間一般には自然災害と思われているが、じつはアメリカ史上最大の人災だった」

「一九〇六年四月一八日」とピットは言った。「ダニエル・ワターソンとハル・コートランド将軍が死亡した日」

「そのとおり」とカルヴァーは言った。「ただし、ふたりは新聞に書かれたように、カンザス州トピーカ、カリフォルニア州サンディエゴで死亡したのではない。彼らはここで命を落とした。われわれが立っている場所から二〇階相当の地下で、その他八一名とともに。地震による公式の死者数にはふくまれていない犠牲者たちだ」

「あのふたつの死亡記事は」ピットは事情を理解した。「文面はそっくり同じで、異なっていたのは氏名、死因、死没地だけだった。つまり隠蔽工作の一環として、ひとりの人物によって書かれた。記事をわざわざ比較しようという者もいなかった。書いた人間にしても、最新のコンピュータ解析で類似のパターンがあぶり出されるとは予想もしなかった」

「なにせ一九〇六年のことだ」カルヴァーは皮肉まじりに言った。「そんな先のことは思いもつかなかったんだろう。こちらへ」

三人は連れだって森のなかへ引きかえした。電気柵を抜け、密閉されたハッチの前に出た。ピットの観察では、頑丈さでは船上のハッチと変わらない。むしろ、北米航空宇宙防衛司令部が山岳地帯にかまえる地下施設の扉を想起させたが、こちらのほうがずっと小さかった。

カルヴァーは施設の外で暗証番号を入力し、カードキーを使用した。封印された場所に隙間が空き、ハッチが牡蠣の殻よろしく開き、目の前に階段が現われた。

内部にはいると、カルヴァーが並んだスイッチをつぎつぎ弾いていった。一九四〇年代風の古びた照明器具が命を吹きかえし、最新のハロゲン電球で照らされた。すこし歩くと、また封印されたドアがあった。このドアを通り抜けた場所でエレベーターに乗った。エレベーターは明かりに照らされた洞窟へと降りていった。

洞窟は途方もない規模だったが、人の手で造られたように見えた。あるいは補強工事をしたのだろうか。ところどころ、壁がコンクリートで塗り固められている。四方八方にめぐらされた鉄骨の梁が溶接され、交差していた。ピットの目には、巨人が〈エレクター・セット〉の玩具をやみくもに組みあげたように映った。

ひらけた区域に出た。ピットは溝を覗きこんだ。下まで何百フィートもある。底には水が溜まっていた。

「ここが実験のおこなわれた場所だ」とカルヴァーが言った。「テスラの理論を用いて、無限のエネルギーを生み出し、伝達することができるというのがワターソンの主張だった。彼らが建造したのは、きみの仲間が採鉱場で見つけたのとよく似た機械だ」

ピットは事の経緯を推測した。「テスラがワーデンクリフタワーを閉鎖したのち、ワターソンはこのアイディアを軍に持ち帰り、独自にコートランド将軍と掛けあった」

カルヴァーはうなずいた。「ワターソンによると、彼は改良版を開発したと」

「それは〝改良〟の定義にも依るが」サンデッカーが言い添えた。

「こういうことです」カルヴァーは洞窟の壁に残る、火花が発生した痕跡を指さした。「わかりますか? 衝撃石英。隕石が地球に衝突するか、原子爆弾が爆発したときにだけ起きる現象です。これが洞窟全体に広がり、溝の下にもつづいている」

「実験の結果か」とピットは推測を口にした。

カルヴァーはうなずいた。「ワターソンは機械を動かし、反響を調べはじめた。ここから地上の受信局へつづくデータ線で実験内容が記録された。最初の小規模なインパルスによって生じた多重波エネルギーだ。エネルギーの波動は従来のものよりも何倍も強力だった」

「つまり、ワターソンの実験は成功したわけだ」とピットは指摘した。

「成功どころか、うまくいきすぎた」とカルヴァーは言った。「ワターソンは機械を止められなかった。放出したエネルギーを制御できなかったのだ。波動が増幅してこの洞窟に流出入し、その振動で洞窟は崩落した。実験の立会人や軍関係者は崩れた洞窟に押しつぶされ、瓦礫の下敷きになった。しかし崩壊はそれで終わらず、長く懸念されていたサンアンドレアス断層の動きを誘発してしまった」

「この実験が一九〇六年のサンフランシスコ地震を誘発したのか？」とピットは確認を求めた。

カルヴァーは首を縦に振った。「さらに言えば、アメリカ政府が地震を惹き起こし、その事実を公表しなかったということだ。三〇〇〇人もの死者を出し、無数の人々が重い火傷（やけど）や怪我（けが）を負った。市の八五パーセントが破壊された。というわけで、機密扱いしなければならない理由はおわかりだろう。事実が露見すれば、国民は二度と政府を信頼しなくなる」

ダーク・ピットはわが耳を疑った。「ひとつ言っておこうか、カルヴァー。どのみち誰も政府を信頼してない。こんな秘密主義がその最たる理由だ」

「いまの話はこの洞窟に置いていってもらう」カルヴァーは唸（うな）るように言った。

「いいだろう」とピットは言った。「一〇〇年まえのことにはとくに関心がない。いまこちらが注力するのは、同じことがまた起きないようにすることだ。ただし、今度の被害は一〇〇〇倍になる。そこを踏まえて、テスラの理論を知っておきたい。資料がそちらにあることはわかってる。テスラの死後、論文は外国人財産管理局(OAP)が押収(おうしゅう)した。それが戦略諜報局(OSS)に移管され、なぜかきみのところへ行き着いた」

「たしかにこちらにある」とカルヴァーは認めた。「だが盗んだからではない。一九三七年にOSSはテスラをここに連れてきた。テスラがついに論文を発表すると脅してきたからだ。われわれは彼にこの場所を見せた。データを渡し、事の成り行きを説明した。テスラはその日に論文を手放した。OAPは、ほかに写しはないかと念を押している」

「なら、手持ちのものをこちらに渡してもらいたい」とピットは言った。

「引き渡そう」カルヴァーは言った。「ただし、ここははっきりさせてくれ。その理論とテクノロジーは表に出さないこと。ここで事故が起きて以降、われわれはテスラの発見に近づこうという人間を注視してきた。その九九パーセントは手を出しては去っていく。本気の連中でもそうだ。引きかえさない者は痛い目に遭っている」

「つまり、きみたちはセロを見守っていたというわけだ」ピットは皮肉たっぷりに言った。「おそらくは、彼が確実に失敗するように仕向けた」

「難しいことではなかった」とカルヴァーは言った。「やつは変人だ。妄想癖があって、統合失調症の気味もある。われわれは、人々がそこをはっきり見て取れるようにした」

　ピットはサンデッカーに目をやった。「妄想癖があるからと、それで人を押さえつけない理由にはならない」

「そのとおりだ」とサンデッカーが言った。

　ピットはカルヴァーに向きなおった。「きみたちがセロを囲いこんでおけば、世界は手ひどい苦痛をこうむることもなかった」

「銃弾を見舞ってやるべきだった」とカルヴァーは苦々しく言った。「われわれはあの男を、あんな男を仲間にはしたくない。こんな真似(まね)をする人間は不要だ。金輪際」

　ピットは目を細めた。「なぜだ？　われわれはその他のテクノロジーについては研究を推し進めている。核爆弾しかり、生物化学兵器しかり。なぜこれは駄目なんだ？」

　カルヴァーはまじろぎもしなかった。しかし、遠回りの説明をはじめた。「妻と私で農場を持っているんだがね、ミスター・ピット。牛や山羊(やぎ)が数頭、全地形万能車(ATV)が数台、犬はそれこそたくさんいる。大型犬も小型犬も、気性の荒いのも。だが一頭だけ、どうしても手に負えない痩せた雑種がいてね。やることに予測がつかない。人懐っこくするかと思えば、つぎの瞬間には人の腕を食いちぎろうとする。気性の荒い犬どもより怖い。ほかの犬も怖がって敬遠している。大型犬でもだ。

ゼロ点エネルギーはそれと似ている。予測不能。不安定。ＮＳＡでは何十年も研究をつづけてきた。こうした実験には恐ろしくて手もつけられなかった。試算するたびに、起こりうる結果がひとつどころか束になって出てくるんだからな。標的に命中するか、目の前で暴発するか五分五分の銃を撃てるか？」

「撃てない」とピットは認めた。

「私もだ」とカルヴァーは言った。「しかし、そういうことだ。銃なら引き金をひけば弾が飛ぶ。爆弾なら起爆装置を押せば爆発する。水素爆弾でも、その核出力は安定している。だがこいつは……この代物は結果がまちまちで、まるで意思を持ってるんじゃないかと思えてくる。つまりスイッチを押した瞬間、賭けが成立しなくなる。その時点では何が起きるかわからない」

ピットは、気まぐれな悪霊は瓶に閉じこめておくのがいちばんだというイェーガーの言葉を思いだしていた。どうやらＮＳＡもイェーガーと同意見のようだった。だが、カルヴァーの主張には何か裏がありそうな気もした。「本音では何が言いたい？」

この期におよんでも、カルヴァーは腹を割らなかった。その手に握ったささやかな権力を楽しんでいるのだろうか。

「部下に試算させてみるといい」とカルヴァーは言った。「異論が出てくるようなら、そこで議論すればいい。しかし、いかなる状況下であっても、この装置を稼働させてはならない。それが大統領の見解であることは申し伝えておく。目下、攻撃型原潜を二隻出動させている。位置を把握し次第、ただちに核搭載巡航ミサイルで施設を破壊する」

ピットが見やると、サンデッカーは重々しくうなずいた。すでに聞かされていたのだ。

「やらねばなるまい」とサンデッカーは言った。

自分でも意外だったが、ピットは賛成していた。

29

現地時間〇三三〇時
商船〈ラーマ〉

オースチンは食堂に立ち寄って着換えをすませたあと、白熱灯がひとつだけ灯る灰褐色の壁の薄暗い船室に腰を落ち着けた。

小さなテーブルの目の前にチェス盤が載っている。ゲームは進行中で、駒はすでに動いていた。四分の一の駒が盤の脇に立っている。すでに対戦相手に取られて斃れた兵士たちだった。

左側には、あらかた空いたストリチナヤのボトルとショットグラスが二個。そのグラスでアントン・グレゴロヴィッチは七杯めを飲み干したところだ。右側には——どちらからも容易に手の届く範囲に——グレゴロヴィッチから貸与されたマカロフ拳銃が置いてある。

オースチンは夜のあいだ、ほぼずっとそこにいた。これが三局めの手合わせだった。ときおりグレゴロヴィッチに質問されたが、できるかぎり話をそらしていた。ほとんどの時間は静かに思索にふけっていた。

　これは一種のテストだ、とオースチンは考えた。酒に呑まれずにいられるか、口をすべらせずにいられるか。

　グレゴロヴィッチは平然と盤上を見つめていたが、やがて手を動かし、ビショップをオースチンの陣地にすべりこませた。この動きでオースチンは選択を迫られた。ポーンかルークを守るか、あるいはどちらも捨てて攻撃に出るか。

　自分の手番がすむと、グレゴロヴィッチはなみなみ注いだショットグラスのひとつをオースチンのほうに押し出し、もうひとつを自分の口もとに運んだ。中身を呷（あお）り、お代わりを注ごうとボトルのほうを向いた。オースチンはその隙に酒を萎（しお）れたシダの鉢に捨て、すばやくグラスに口をつけた。

　最後のひと口をすすってグラスを空けると、グレゴロヴィッチがこちらに向きなおった。「おれならそうはしないな」オースチンはそう言ってグラスをテーブルに置いた。

「何をだ？」とグレゴロヴィッチが訊ねた。「ビショップのことか、ウォッカのことか？」

「チェックの危険が迫ってる」

「そっちが駒を一個あきらめたらな」とグレゴロヴィッチは言って、また酒を干した。オースチンは盤上をじっくり眺めた。ルークをポーンの隣りに動かして両方を守り、グレゴロヴィッチが余裕で逃げられるようなチェックはかけなかった。

「きみはこのゲームを理解してないんじゃないか」とグレゴロヴィッチは言った。「ポーンを守って守勢にまわるとは。ゲームは人生と同じ、攻撃がすべてだ」

グレゴロヴィッチはオースチンの別の駒を取り、無謀にもクイーンを危険な位置まで動かした。

「あんたに人生の何がわかる?」とオースチンは言った。「終わり方は別にして」

今度はオースチンのほうがボトルを取り、銘々のグラスに酒を注いだ。ふるえておぼつかない手つきをさらした。

グレゴロヴィッチが鼻で笑った。「人生とは、この狂気のなかに自分の居場所を見つけることだ。たやすく見つける者もいるし、たぶんきみもそうだろう。私の道のりはもっと複雑だった。子どものころに母が家を出ていった。父は気が荒くて、母に手を上げてばかりいたんだ。それからは、自然と私にお鉢がまわってきた。父は酒を飲むと、何もかも私のせいにした。飲んでいないときでも、悪いのはみんな私だった」

グレゴロヴィッチは頭を振った。「どういうわけか、私はいつでも父の期待を裏切った。期待を裏切っては殴られる。父の愉しみは私を表に出して、冷たい沼に立たせることだった。太腿まで水に浸かって、脚の感覚がなくなったところをベルトで打たれ、しまいに水が赤く染まるか、こっちの膝が崩れて倒れこむか。下半身はなにも感じなかったが、背中に食いこむベルトの感触は隅から隅まではっきりわかる」

オースチンはチェス盤から顔を上げた。

「ある日のことだ」とグレゴロヴィッチは言った。「私はもう倒れないと決めた。殺されるまで倒れない。そうすれば自由になれるとね。父に叩かれるあいだ、私はずっと立っていた。踏んばった。すると怒り狂った父は水のなかまではいってきて、私を水に沈めようとした。これが私の引き金をひいた。それまで感じたことのないものだった。私は力ずくで父を変えた。黙って溺れるんじゃなく、父に立ち向かった。生まれて初めて父に手を上げた。そして血まみれになるまで殴りつづけてベルトを奪い、哀れなろくでなしの首を絞めて息の根を止めた」

オースチンは黙っていた。

「父の目、死んだ父の目にあったのは驚きではなかった。恐怖でもない。誇りだ。私は人生で後にも先にも一度だけ、父を感心させたんだ」

オースチンはウォッカのグラスを傾けた。「その家族の感動的な秘話を、なぜここで披露する？」

「その日を境に、自分の正体を知ったからだ」グレゴロヴィッチは冷たく言い放った。「その日から、私は人生を理解した。自分の性分がはっきりした。暗殺者。殺し屋。それが私の天職だ。任務で失敗したことは一度もない。選ばれた標的の始末をしくじったことはない。百戦百勝。完全無欠だ」

「セロを除いてね」とオースチンは当て推量で言った。

グレゴロヴィッチはその名前を聞いて考えこむ様子を見せた。

「どうした」とオースチンは言った。「当てるのはそんなにむずかしくないさ。セロの施設は木っ端みじんにされた。なぜかセロ本人は生き延び、ロシアはやつの攻撃リストに載る始末だ。爆破したのはあんたたちだな。ヘビの頭だけ取りこぼしたようだが。言わせてもらえば、この件はかなりの失態だ」

グレゴロヴィッチはテーブル越しに手を突き出すと、盤上の駒を部屋じゅうにまき散らし、オースチンが反応する間もなくマカロフに手を伸ばした。

オースチンは別の選択をした。左手でウォッカの壜(びん)をつかんで隔壁に叩きつけ、割れた壜の先を刃物のごとくグレゴロヴィッチの喉(のど)もとに突きつけた。それと同時に、マカロフの銃口がオースチンの腹部に突きつけられた。

安全装置がはずされ、オースチンの肝臓が無防備になった。だが、それは相手の頸(けい)動脈(どうみゃく)も同じことだった。両者とも一瞬のうちに相手の命を奪えるが、いまは手詰まりの状態だった。グレゴロヴィッチが発砲すれば、オースチンの身体はその反動で弾み、壜のギザギザの切り口が動脈を切断する。オースチンが切り口をすっと引けば、ロシア人に致命傷をあたえるだろうが即死とはいかず、九ミリ弾が肝臓を貫き、内臓を引き裂くのを阻止できない。

ふたりはたがいの目を見つめた。どちらも瀬戸際にいる。

「チェスではこれを〝血〟と呼ぶ」グレゴロヴィッチが言った。「一対一の交換だ。だが、われわれの取引きは五分五分にはなるまい？　きみが私の命を奪い、私がきみの命を奪っても、キーロフがきみの仲間たちを夜明けまえに射殺する。きみが必死に守ろうとするポーンはキングとともに死ぬ。そんな結末はきみの望むところではないと思うが」

「そうかもしれない」とオースチンは言った。「しかしおれを殺したら、ゼロを見つけだす唯一のチャンスを失う。一度きりの大失敗を帳消しにする唯一のチャンスだ。それをあきらめるのは、きみの誇りが許さないはずだ。どんなに腹が立っていようと」

ロシア人は笑いはじめた。「おたがい、理解はしているようだな」

グレゴロヴィッチは拳銃から手を離し、オースチンの膝に落とした。そして割れた酒壜からゆっくり身体を引いた。

　オースチンは拳銃をつかむと壜を放り捨てた。

「ゼロを見つけて始末する」グレゴロヴィッチはあたりまえのように言った。「あの男がオーストラリアを、ロシアを、世界を全滅させるまえだろうが後だろうが、それはどうだっていい。やつを追って殺すのは個人の問題だ。そのためにこの船の男女全員を死なせることになっても、私はやる」

　オースチンはうなずいた。これはエイハブ船長の現代版ということか。

「なぜ部下をそこまで追い込むんだ？」とオースチンは訊いた。「彼らはあんたと同じ命令を受けていないのか？」

「命令は受けてる。しかし私ほどの熱意はない。きみの船に何が起きたかを知ってからは、不安でおろおろしている。コロンブスの手下どものように、地図からはみ出すんじゃないかと心配している」

「それで、われわれに銃を貸し出したのか」

「きみたちがちょうどいい重しになっている。私を排除するよりも気がかりなことができたんだからな」

「なかなかの策士ぶりだ」

「これまではうまくいった」グレゴロヴィッチは自慢げに言った。「だが、いつまでつづくかはわからない。私を陥れようと、キーロフが連中を焚きつけている。そのうち度胸がついて、私に刃向かってくるかもしれない。そうなったら、きみと仲間は間違いなく死ぬ」

「もしくは、あんたに味方して戦うか」

「妙な話だが、そうだな」

「われわれに選択の余地はなさそうだ。問題は、いつそれが起きるのかってことなんだ」

グレゴロヴィッチは首を振った。「いや、問題はそこじゃない。問題は、セロを止めるために、きみがどこまで行くかだ」

なるほど、そういうことなのだ。グレゴロヴィッチは逃がした獲物を追跡する相棒を、血を分けた兄弟を求めている。オースチンにしても、時間に間に合うかぎりは望むところだった。

「セロの大量殺人を阻止するために、必要なら地球の果てまで行こう」

グレゴロヴィッチはうなずいた。それが彼の欲していた答えだった。図らずもそれが現実となったのである。

「はるか南まで来た」とロシア人は言った。「そろそろ目的地じゃないか」

「まだ」とオースチンは答えた。立ちあがって腕時計を確かめた。新たに方位を定める頃合いだった。「操舵手に針路の変更を伝えてくれ。新たな方位は二四五度」

「つまり南極には向かわないのか?」

「とにかく、まだだ」オースチンは真実を明かさなかった。「さて、部屋にもどってひと眠りするか。今夜キーロフに殺されなければ、朝にまた針路の変更を知らせよう」

うなずくグレゴロヴィッチを残し、オースチンは廊下に出た。特殊部隊の兵士一名がそこで待機していた。

「ベルボーイか」とオースチンは低声(こごえ)で言った。「船室へ案内してくれ」

兵士に付き添われて船尾方向へ歩いていくと、NUMAの乗組員が収容された船室の外にロシア人兵士二名が立っていた。彼らの横をすり抜けて室内にはいると、白熱した議論の真っ最中だった。

一方にウィンズロウ船長と副長、もう一方がザバーラとヘイリーという構図だった。

「……ここまで来られたのは彼のおかげよ」とヘイリーが主張した。

「われわれの命をもてあそんでる」と副長が返した。

「むこうの聞きたいことをあいつがしゃべってたら、いまごろおれたちは死んでる」とザバーラが付けくわえた。

船上で勃発(ぼっぱつ)しそうな反乱はひとつではなさそうだった。

「むこうの聞きたいことを誰にしゃべったって?」とオースチンは訊いた。

一同は一斉に振り向いた。

「ロシア人たちにだ」とウィンズロウ船長が言った。「きみがむこうのリーダーと酒を飲んでるあいだに、連中が来て、怪我した乗組員を医務室に連れていった。いまごろになって、われわれがもっと情報を出さないと治療を受けさせないと言ってきた」

そんなやり方は気に入らない。だが後戻りはできない。

「これが正しい道なのか、私にはわからない」とウィンズロウが言い添えた。

「残された唯一の道だ」とオースチンは言った。

「何かしらあたえないと」とウィンズロウは言った。「せめてヒントくらいは」

「だめだ。むこうに察しをつけられたら、われわれは全員死ぬ」とオースチンは説いた。「弾の節約に、足に重りを付けられて舷側から放り出されるだけだ」

「乗組員たちはショック状態にある」とウィンズロウは言った。「死に瀕(ひん)している。頼む、カート、良識ある判断をしてくれ」

「良識の出る幕はない」とオースチンは言い放った。「それがわからないのか⁉」

ほかの者はオースチンを見つめかえしていた。いつになく爆発した怒りに不意を食った恰好だった。

「おれたちはいま、狂人と異常者の板挟みにあってる」とオースチンは説明した。

「グレゴロヴィッチは正気を失ってる。あの男にとって、これは仕事じゃない。復讐(ふくしゅう)

のようなものだ。自爆作戦と言ってもいいだろう。数年まえ、セロの殺害に失敗したのがきっかけだ。もう一度その機会をつかめるなら、おれたちのことは残らず殺す気でいる。一方のセロはもっと性質(たち)が悪い。以前の彼は精神に失調をきたした反社会的な人間だった。その後、時と痛みがやつに何をもたらしたと思う？　セロは自分の隠れ家をタルタロス、すなわち神々の監獄と呼んだ。それはどういうことかって？　セロは己れを神と見なしてる。それも虐(しいた)げられた神と。そんな男が脅迫に手心をくわえると思うか？」

一同が奇異の目を向けていた。オースチンのほうが常軌を逸したと疑っているのだ。

「そんなにひどい話なのか」と副長が言った。

「おそらくはそうだ」とオースチンは言った。「この事態を切り抜けようとするなら、もはや時間は無駄にできない。希望があるとすれば、セロの行動を止めることだけだ。で、それをやるには、ロシア人がわれわれの力を必要としているように、われわれも彼らの力を借りることなんだ」

ザバーラは、忠実な友人であるオースチンを支持した。ヘイリーは現実を甘んじて受け入れることにしたらしい。副長でさえ態度を軟化させたようだった。だがウィンズロウは首を振った。

「彼らは私の乗組員だ。私に責任がある」

オースチンもそこは理解していた。睡眠不足と自責の念が船長の心を苛んでいる。

「すでに乗組員の大半がこの戦いで命を犠牲にした」とオースチンは言った。「ASIOの九名と、セロの支配から逃れようとした少なくとも四人の一般市民もだ。その死を無駄にしない唯一の道はセロの勝利を阻止することなんだ。グレゴロヴィッチを味方につければチャンスはある。たしかに望みは薄い。でも、そこに賭けるしかない」

ウィンズロウはまだ釈然としていなかった。

オースチンはウィンズロウ船長の肩に手を置き、その目を覗きこんだ。「きみの悩みはわかる。ぼくが首を突っ込まなければ、誰ひとりこんな目に遭うことはなかった。乗組員たちが犠牲になったのはぼくのせいで、きみは悪くない。でも、彼らを生きかえらせることはできない。彼らの死を無駄にしないためにも、われわれはベストを尽くすしかないんだ」

ウィンズロウはカートを見つめかえした。納得したようだった。「それで、これから何をする?」

「連中が使える兵士の数を減らさないと」とオースチンは言った。「形勢を五分に近づける」

「どうやって?　こっちは監視されてるんだ」

チェスの対局でグレゴロヴィッチに押されながら、オースチンが考えていたのはこのことだった。「ここの食事はビュッフェ形式だ」食堂を通った際に、その室内の配置を頭に留めていた。「この船は不衛生だ。バクテリアだらけだろう。そこで汚物をかき集める。集める場所は問わない、正直、知りたくもない。とにかく集めたそれを、飯時に料理に混ぜる――もちろん、われわれが腹を満たしたあとでね」

「細菌戦争か」とザバーラが言った。

「兵士たちが体調を崩して戦えなくなれば、グレゴロヴィッチはわれわれを連れていかざるを得なくなる」

「いいね」とザバーラが言った。「それでも置き去りにされたら？」

「そうなったら船を乗っ取って、できたらＮＵＭＡに無線連絡する」

ザバーラはうなずき、ヘイリーは苦笑を浮かべた。副長でさえ、攻勢に転じる計画に頬をゆるめた。ウィンズロウも同意を示した。「いいだろう。賛成だ」

30

タルタロス

氷に覆われた島の地中深く、パトリック・デヴリンは耳鳴りに気づいた。大きな削岩機が岩を砕く騒音のせいで、この一時間、耳が聞こえなくなっていた。それが突然鳴りやむと、痛みを感じるような静寂が訪れた。

「深さは充分だ」頑健な体軀の現場監督が叫んだ。

デヴリンは壁から離れた。重い削岩機は鉱車のような代物に載っていた。パディの仕事は削岩機に圧力をかけ、壁に掘削孔を開けていくことだった。粉塵と煤にまみれて後ろに下がると、別の男が仕事を引き継ぎ、電線を雷管につなぎはじめた。

鋭い笛の音が響いた。「全員、坑道へ」と監督が指示を出した。

大きな洞窟内に散らばって岩を砕き、瓦礫をすくってベルトコンベアに載せていたほかの一〇人ほどの労働者が作業を中断し、片隅の坑道の狭い入口のほうに足を引きずっていった。

彼らは坑道にはいると、鉄筋で補強されたアーチの下に身を寄せた。憔悴した男たちは一時、工具の重さから解放された。デヴリンが見たところ、男たちは窶れた顔をしているわりに、体力はまだ残っているらしい。

武装した現場監督と助手が爆薬を確認している隙をつき、デヴリンは賭けに出た。

「名前は？」隣りの黒人に訊ねた。

「マシンガだ」男は南アフリカ独特の訛りで返事をした。

デヴリンはうなずいた。「おれはパトリック。パディって呼ばれることもある。ここは何だ？」

「知らねえのか？」

デヴリンは首を振った。

「ダイアモンド鉱山だよ」とマシンガが言った。

デヴリンは停止したベルトコンベアの上の砕石を眺めた。「ダイアモンドなんて見当たらないけどな」

「石のなかにあるんだ」とマシンガが説明した。「そんなことも知らねえって、鉱夫の風上にも置けねえ」

「おれは鉱夫じゃない」

「だったら、ここで何してる？」

「無理やり連れてこられてな」デヴリンは声をひそめて毒づいた。「あんたはちがうのか？」

「ちがう」とマシンガは言った。「契約書にサインした。みんなそうだ。〈デビアス〉が出す倍の金をもらってさ。けど、引きあげようとしたら、帰してもらえなくなった」

「逃げようとしたのか？」

男は笑った。「おれたちが魚に見えるかい？　ここは離れ小島だぞ。どこへ逃げる？」

「でも、家族がいるだろう」とパディは言った。「家族が文句を言うはずだ」

「事故で死んだってことにされているんだ」と別の男が言った。南米出身者を思わせるしゃべり方だった。「それに、そもそも家族はおれたちがどこにいるかも知らない。おれたちだって、来るまで知らなかったんだから」

そんな馬鹿（ばか）な話があるか、とデヴリンは思ったが、ジャカルタ沖の港で〈ボイジャー〉を見かけて以来、たしかに訳のわからないことだらけだった。

「そういうあんたは？」とマシンガが訊いてきた。「誰か捜しにくるのか」

「いいや」とパディは答えた。〈ボイジャー〉を見つけたとき、キーンの意識がなかったことを思いだした。「たぶん、世間はおれが死んだと思ってるよ」

「あんたもそうか」とマシンガは言った。「一緒だな」

「タルタロス」とデヴリンはつぶやいた。黄泉の国の監獄。ようやく合点がいった。

「爆破！」現場監督が大声で言った。

巨軀の男がスイッチを押した。一〇個ほどの小さな爆薬が立てつづけに炸裂した。壁が外に膨らみ、つかの間形を保っていたが、つぎの瞬間にはすさまじい音とともに砂埃をあげ、砕け散った。

粉塵と熱を室外に送り出すよう設計された送風機が回り、立ちこめた塵は垂直に延びる大型の換気孔に吸いあげられ、地上へ排出されていった。塵芥の渦が男たちの汗まみれの身体に貼りついた。その雲が失せるころには、パディの顔はマシンガに負けず劣らず黒ずんでいた。というか、全員が元の肌の色に関係なく、同じ灰色をまとっていた。

ショットガンを肩に掛けた監督があたりを見まわし、「休憩終わり」と叫んだ。「作業にもどれ」

マシンガら男たちは腰を上げ、しぶしぶ持ち場にもどっていった。デヴリンは意思に抗ってそれに倣った。

31

一七四五時
商船〈ラーマ〉
位置　南緯六一度三七分、東経八七度二二分

チェスの対局が唐突に終わって一五時間後、グレゴロヴィッチは明かりのついた海図台の前に立っていた。また新たな針路線が引かれたところだった。今度は北西へ向かう。

キーロフは傍らに特殊部隊員をひとり従え、グレゴロヴィッチの向かい側に立っている。「これで九回めだな、指示が出たのは」

〈ラーマ〉の船体が右舷へ向きを変える気配がした。

「針路変更に着手」と航海士が恐るおそる声をあげた。「三二三度」

「あいつはおれたちをコケにしている」キーロフが険悪な声音で言った。「あんたに

甘やかされて」

グレゴロヴィッチは目を剝いた。兵士を連れてきたのはキーロフの一存だった。力の誇示。いずれ反乱が起きるのは間違いない。

男たちは浮足立っている。それは火を見るより明らかだった。彼らは故郷を遠く離れ、劣悪かつ危険な状況下で任務に就く地上部隊の兵士たちだ。しだいに高くなる荒波に揉まれ、目に見えて船体は大きく揺れ、空は灰白色に転じていた。そのうち雪になりそうな空模様である。オースチンの指示でかなり南下し、小さな氷山を避けながらの航行がはじまっていたが、視界が悪くなり、それも困難になりつつあった。

最悪なのは、〈オリオン〉があたかも海の怪物に押しつぶされ、海底へ引きずりこまれるがごとく沈没した顚末が兵士たちの耳にはいってしまったことだった。さしあたって命令は守られているが、いつまでもつづきはしないとグレゴロヴィッチは感じた。

「とりあえずは北へ向かっている」グレゴロヴィッチは航海士のほうを向いて言った。「この先には何がある?」

航海士が画面をタップすると、海図はゆっくり縮小されていき、行く手に黄色い点が現われた。

「ハード島です」と航海士が言った。

キーロフが画面上の島の位置をタップして、島に関する情報のブロックを表示させた。

「オーストラリア領」と画面を読みあげていった。「火山島。確認された最後の噴火は二〇〇五年。氷河に覆われた無人島」

キーロフは目を上げた。片方の耳から瘡蓋のできた耳まで、顔を広げて笑った。

「これだな。標的はハード島。セロが隠れているのはここだ。オースチンがやっと手の内を見せた。これで仲間もろともやつを始末して、あとは気にせず仕事を片づけられる」

均衡を失うのは、グレゴロヴィッチにとって望ましい事態ではなかった。ここまで巧妙に立ち回ってみせたオースチンが、かくもあっさりと秘密を明かしてしまうとは思えない。

「縮小しろ」と彼は命じた。

ベトナム人航海士が指示に従い、ふたたび海図の範囲が広がった。また別の点がいくつか現われた。ハード島の先、およそ二七〇マイルで、同じ三二三度の針路上にあった。

オースチンは両島に同時に接近する地点に〈ラーマ〉を誘導していた。

「フランス領南方・南極地域」と航海士は言った。

「なんて地名だ」キーロフが口走った。

「一度聞いたら忘れない」とグレゴロヴィッチは言った。「同一の針路線でいずれにも到達する。セロはそのどちらかに隠れている可能性がある。あるいは、オースチンはもうすこし近づいてから、新たな方角へ向かわせる気かもしれない。はっきりするまでは殺せない」

「で、はっきりしたら？」

「おまえは一手先しか読めないのか？　セロの研究所がハード島にあるとしよう。われわれが受けた命令は核兵器でその研究所を破壊すること。そこはオーストラリア領だ。爆発の外側限界に、放射能で黒焦げになったアメリカ人の死体があったら好都合だとは思わないか？」

キーロフはうなずいた。

「長距離ドローンを飛ばせ」と彼は言った。「ハード島で動きがあるなら把握しておきたい」

ヘイリー・アンダーソンと並んで食堂へ歩いていたジョー・ザバーラは、けたたましいピストンエンジンの音に気づいた。

「なんの音？」とヘイリーが訊いた。

ザバーラは小首をかしげて耳を澄ました。数カ月まえに任務で利用した、無人軍用機を思い起こさせる音だった。「ロシア人たちが甲板で何かを飛ばそうとしてる。小型飛行機か、たぶんドローンだな」

「なぜそんなことをするのかしら?」

ザバーラはいくつかの可能性を考えたが、ロシアの特殊部隊の一団が通路を歩いてくるのを見て、ひとまずその疑問を脇にやった。「さあ。とにかく、あいつらより先にビュッフェの列に並ぼう」

すばやく食堂にはいったザバーラだが、ヘイリーは後ろでぐずぐず足を止め、廊下に注意を向けていた。

ビュッフェに近づき、ザバーラは深々と息を吸った。スパイスを利かせた野菜たっぷりのベトナム料理は彼の好物だった。船の料理番は食事をどっさり用意していた。これをだめにしてしまうのは忍びない気もする。

「来るわ」とヘイリーが声をひそめて言った。

ザバーラはうなずき、料理長に笑顔を向けると、全品くまなくたっぷりと皿に盛りつけはじめた。自分のほか、あと二名は足りる分量だ。

あきれたような目で見られたので、ザバーラは腹をさすった。「冷たい海で船が難破したあげく、自称救助隊に拉致された日には食欲も高まるってものさ」

料理人は無表情のままだった。英語がわからないのだろう。ザバーラはそう察しをつけ、両手を合わせて軽く頭を下げた。「ありがとう」とベトナムで憶えた数少ない言葉で礼を述べた。

料理人は微笑した。皺のない顔からいかにも実直そうな人柄がうかがえる。ある意味、〈ラーマ〉の乗組員は〈オリオン〉の生き残りと同じく、立場は囚人なのだ。

ヘイリーがそっとザバーラのそばに来て、自分の皿に料理を盛りはじめた。「やるならいまよ」

ザバーラは料理人の背後の、煙を上げて火を噴く中華鍋を指さした。料理人が振りかえって火を消しにいくと、ザバーラはマジシャン顔負けの手さばきで袖口から小さな袋を抜き出した。すばやく腕を動かし、ずらりと並んだビュッフェの料理に袋の中身を振りかけた。袋が空になると、手を引っこめてポケットに入れた。

食堂にはいってきたロシア人たちはザバーラとヘイリーに目をくれたが、そのままビュッフェの列の先頭に向かった。何か異変を感じたとしても、後腐れが残る喧嘩をはじめるより腹を満たすほうに気があるようだった。

ザバーラとヘイリーは隅のテーブルにつき、兵士たちが雑菌入りの食い物をほおばる姿を目に入れないようにした。

八時間後、オースチンは船橋でハード島の写真を見つめていた。万事休すということか。

長さ一五マイル、幅一〇マイルほどの島はアーモンドに似た形をして四五度に傾いている。〝ゾウの唾〟と名づけられた細い尻尾のような地形が防波堤のように東へ突き出し、北西の端には、ローレンス半島と呼ばれる小さな球根状の地が狭い地峡でつながっている。

側面から見るハード島は、あきらかに火山島だった。中央にそびえるビッグベンという峰は典型的な円錐形をして、標高は九〇〇〇フィート。オーストラリア領内の最高峰のひとつに数えられ、オーストラリア大陸にあるどの山よりもぬきんでている。

衛星写真には、ビッグベンから輻状に広がる氷河が写し出されていた。氷河はあらゆる方向に急斜面を下り、海に至ると氷山となって分離する。白い氷塊の多くは〈ラーマ〉より大きく、大型のサメの頭の周囲に群がるブリモドキさながら島を取りまいていた。

オースチンが写真をつぶさに眺める横で、静かにたたずむキーロフとグレゴロヴィッチはすっかり悦に入った様子だった。自らの発見をオースチンに示して嬉々としていた。

「赤外線写真はあるか?」とオースチンは訊いた。

グレゴロヴィッチは一連の新たな写真をテーブルのむこうから滑らせた。ロシア製ドローンによって撮影された写真には、アザラシやペンギン、野鳥のコロニーが写っていた。つぎの写真は島の南東の海岸に集まる熱源をはっきり捉えていた。ウィンストン・ラグーンと呼ばれる場所である。

「標的の第一グループは熱の放出口らしきところだ」とグレゴロヴィッチは説明した。「自然に発生して火山とつながったのか、または人工的につくられたとすれば、地下での活動を示唆している。ほかの写真がその動かぬ証拠だ。スノーモービルに乗っている男たちがいる。その正体はともかく、彼らは写真が撮影された直後、地面の穴に消えた」

オースチンはスノーモービルの写真の位置を調べた。「ウィンストン・ラグーンから内陸にはいってすぐのあたりだ。隠れるには絶好の場所だが、船の姿が見当たらない」

「つまり彼らは置き去りにされた」とグレゴロヴィッチは言った。「それがセロのやり方だ。焼尻島の研究所は地下にあった。地中を深く掘ることが実験には必要だ。そのハッチはセロの基地につづいている。間違いない」

オースチンもそこは疑っていなかった。しかし、セロが攻撃を準備していることも、また疑いようがないのだ。「ドローンの音に気づかれた可能性は？」

「われわれが発見した男たちは、警戒した様子は見せなかった」とグレゴロヴィッチは言った。「わがドローンはほぼ無音で、しかも肉眼ではまず視認できない」

オースチンはうなずいた。〈ラーマ〉はまだ視界外にあり、潮に流されない程度の出力を保っている。「レーダーの発信源はスキャンしたか?」

グレゴロヴィッチはうなずいた。「電波は発射されてない。むこうはもっぱら身をひそめることを自衛の手段にしているようだ。こちらが近づいていることには気づいてない」

「敵の接近を探知する受動的な方法はほかにもある」とオースチンは言った。「さっきのドローンで使ったような赤外線。視覚による確認。動作検知カメラがあるかもしれないし、音声による追跡だって可能だ。いきなり向かっていけば、海岸に到達するまえにヘリコプターは撃墜される。むこうは地下にいるわけだから、ミサイルを二、三発射ったところでさしたる打撃にはなるまい」

「セロが対空兵器を持ってるって考える理由はひとつもないな」キーロフが鼻で笑った。

「対空兵器は必要ない」とオースチンは言った。「セロには殺人光線がある。この船を見つけたら、〈オリオン〉にやったように巨大なゆがみを発生させ、船を破壊する。飛来するミサイルを発見したら、開発した別の兵器で撃ち落とす。フラッシュ・ドローと呼ばれるものだ。ゼロはそれをＡＳＩＯ相手に使用した。航空機の全システムがシャットダウンし、パイロットの神経系統もやられる。衝撃で全員即死だ」

用済みと判断されるまえに主導権を握ろうと、オースチンは早口でまくしたてた。それを見つめるロシア人たちは、オースチンが口から出まかせを言っているとばかりの顔をした。

「首の皮一枚でつながろうって魂胆か」とキーロフが言った。

「まあね、自分の首には愛着がある」とオースチンは言った。「さすがに付き合いが長いからな」

キーロフにはユーモアが通じなかったらしい。

グレゴロヴィッチは海図に目を落とした。「現在の位置を維持することはできる」と切り出した。「ヘリコプターを北へ向かわせ、有視界外で島の裏手へ回らせる。島の北側から接近すれば、中央の山岳地帯を隠れ蓑にできる。この方法なら見つからずに上陸が可能だ」

「馬鹿げた話だ」とキーロフが言った。「捕虜から指図され、戦術の指南まで仰ぐのか？」

グレゴロヴィッチはキーロフを無視し、地図上のビッグベンの肩付近を指さした。

「鞍点上空を通過し、ビッグベンの反対側のここに着陸すれば、われわれの存在が怪しまれることはない。そこからウィンストン・ラグーンまではせいぜい七、八マイル。ほぼ下りだ」

いいプランだった。しかも、それを実行するにあたり、オースチンは必要とされていない。「ほう、なるほどね」と言いながら、オースチンは自分がお払い箱になった場合に備えて、マカロフにじりじり手を伸ばした。

「私たちだけじゃないぞ」とグレゴロヴィッチが言った。

オースチンは目を細めた。

「きみときみの仲間も連れていく」

「分乗するにしても、あのヘリコプターだとちょっと窮屈だし、迂回（うかい）するとなると燃料も余分に必要になるぞ」

「じつは、いくつか席が空いた」とグレゴロヴィッチは言った。「兵士一二名がウイルス性のひどい腹痛を起こした」

「水分を採らせて、怠（なま）けるなと言ってやれ」オースチンはそう言いながら、このアドバイスが聞き入れられないことを願った。

グレゴロヴィッチは首を振った。「五分ごとに吐いてるような者たちを氷河に連れていくわけにはいかない。あんな脱水状態で衰弱してたら使いものにならない。きみたちで穴を埋めてもらう」

「こっちも全員が健康ってわけじゃない。四人は病室にいる」

「三人だ」キーロフが訂正した。「ひとりは夜中に死んだらしい。ショック状態が長引いてな」

「彼らに必要なのは基本的な治療だけだった」オースチンは声を荒らげた。「いったいどういうつもりだ？」

「必要なら、血でも流すつもりだ」グレゴロヴィッチはキーロフから会話を取りもどし、間違いなくゆうべのチェスと、たがいに刺し違える寸前まで行った口論のことをほのめかした。「きみが協力するかぎり、きみの仲間もそれ相当の敬意を払われることになる」

オースチンは眼光も鋭く言った。「誰を連れていく気だ？」

「きみときみの友人のザバーラ、そしてミズ・アンダーソン」

「いまさら彼女を連れていく理由はない」

「理由は必要ない」とグレゴロヴィッチは言った。

ロシア人はこちらの希望を知っていたのだろうか。「いいだろう」とオースチンは言った。「ただし、仲間に手当てを受けさせてからだ」

ロシア人のごつい顔に薄笑いが浮かんだ。「まだポーンにこだわるのか？　好きにするがいい。必要な手当ては受けさせよう。だが、きみと私にとっては、来るべき時が来たのだ。今夜ここでゲームの決着をつける。きみが言った、この地球の果てでな」

32

NUMA船〈ジェミニ〉

ガメー・トラウトは、〈ジェミニ〉の遠隔操作探査機のコントロールセンターである薄暗い室内に座っていた。彼女は白黒の画面がちらつく正面のモニターをじっと見つめた。水深一万二〇〇〇フィートで、船に搭載していた深海用ROVの一機が瓦礫の散乱する現場を発見したところだった。

残骸が見馴れたパターンで海底に散っている。NUMAが沈没船の調査・分類をさまざまおこなうなかで、ガメーはこういったものを幾度となく見てきた。ただ、この残骸は自分たちの組織のものなのだ。

「磁気探査機の測定値がピークに達してる」とポールが横から言った。「船はすぐ近くだ」

ポール、ガメー、〈ジェミニ〉の船長のほか三名の技術者も集まっていた。窮屈な室内で、この先の発見を見たがっている者は誰もいなかった。ガメーはROVの速度を落とし、カメラを上向きにした。すると〈オリオン〉の赤い塗装の船底が、曲がった舵と六枚羽のスクリューとともに姿を現わした。船は横倒しになっていた。

「これだ」と船長が断言した。「ROVを一〇〇フィート上昇させろ。全体像を見よう」

ガメーは吐き気をおぼえながらも指示に従い、黙々と操作をおこなった。

ROVが瓦礫の上まで上昇すると、被害の実態が明らかになった。船の竜骨が、まるで巨大な卵を割ったかのように大きく裂けていた。なぜか、その割れた部分はくっついたまま沈んでいたが、損傷がひどく原因を見極めるのは難しい。

「どうりであっという間に沈没したわけだ」とポールが言った。

ROVが潮に押し流されると、船体の端から端まで亀裂が走っているのがわかった。

「こんな裂け目ができた船は見たことがない」と船長が言った。

潮流の影響で船が徐々に画面から消えた。

「ガメー？」ガメーの蒼白な顔を見て、ポールは心配になった。

ガメーは席を立った。「誰か代わって」

技術者のひとりがガメーの座っていた場所に着くと、彼女は人だかりの間を縫って後甲板へ向かった。ハッチを押し開けると、凍るほどの冷気に迎えられた。

深く息を吸ったおかげで吐き気はおさまったが、甲板に括りつけられた防水シートが目にはいると、胸のむかつきがもどってきた。防水シートの下には、発見後に海から引き揚げられた三名の遺体が安置されている。救助を待つうちに溺死したか、低体温症で死亡した〈オリオン〉の乗組員たちである。彼らは袋に納められて横たわっている。船に保管庫はないが、次善の策として南極海域の寒気にさらされているのだ。

ガメーが顔をそむけると、背後にポールが現われた。

「大丈夫か？」

「だめ、いつもの調査のようには受けとめられない。海底に沈んでいるのはわたしたちの船よ。あの人たちはわたしたちの友人なんだから」

「だからこそ、沈没した理由を知る必要があるんだ」とポールは妻に言い聞かせた。「爆発による焦げ跡や溶けた金属板はないか。損傷した原因は機雷か魚雷かミサイルの衝撃か、それとも内部爆発のようなことで金属板が外側に曲がったのか。被害が外部から受けたものなら、ミズ・アンダーソンの検知器を原因から除外して、手持ちの装置を稼働できる」

「わかってるわ」

「でも？」

ガメーは溜息をついた。「あそこにカートやジョーがいたら？　ROVを船内に入れて、どっちかが画面に映し出されたら？　海から誰かを引き揚げるたびに、知り合いなんじゃないかって怖くなった」

ポールはガメーの手を握った。「気持ちはわかる。ＲＯＶの操作はほかの技術者に任せよう」

ポールならそう言うだろうとわかっていた。それを望んでいたわけではない。すこし時間が欲しかっただけなのだ。「生き延びるチャンスはあると思う？」

ポールは一瞬ためらって首を振った。「思いつかないよ」

夫の正直さがありがたかった。可能性というものを受け入れることで、どことなく恐怖がやわらいだ。「わかった」ガメーは扉のほうへ引きかえした。「わたしが死んだら、やっぱり何があったか解明してもらいたいって思うから」

「ぼくもだ」ポールは扉を開いて押さえた。ガメーは船内にはいると、何があってもそこに向きあうと覚悟を決めた。

オースチン、ザバーラ、ヘイリーには冬用の戦闘服がわずかばかり用意された。通気性があって身体にぴったりした肌着、保温性の高い厚地の衣類、防水素材の上着。ズボンとフード付きのジャケットは白と薄い灰色の迷彩模様。白い編み上げ靴とライフルを覆う白布も支給された。

「どうだい？」身支度を終えたザバーラが言った。

「雪だるまの弟ってとこかな」とオースチンが言った。

「サイズが合うのがないみたい」とヘイリーがこぼした。ジャケットの袖口は手がすっぽり隠れるほど余っていた。

「それがいちばんましだ」オースチンは立ちあがった。もう準備はできている。暖かい船室で、この装備は息苦しいほどだった。氷河の上でこれが効果を発揮することを願わずにはいられない。

太腿に巻いたホルスターにマカロフを挿した。ハッチを開き、甲板に出た。積みあげられたコンテナのむこうに、見たことがないほど不恰好な灰色のヘリコプター二機が待機していた。

「あれで飛ぶの？」ヘイリーはぎょっとした顔で言った。

NATOが〈螺旋（ヘリックス）〉とコードネームをつけたロシア製ヘリコプター、カモフKa-32を評するのに、洗練という言葉はあたらない。丸みを帯びた角といい、底部のちっぽけな三個の車輪といい、旧式のバスを連想させる。二枚の尾翼は、設計者があとから思いなおして無理に付け足したような印象をあたえる。

耐空性に乏しく見せるのが、ロシア製のダブルローターシステムである。安定を保つ尾部ローターの代わりに、ヘリコプターの機体上部にローター二基を取り付けるのがロシア人の趣味だった。二基のローターはそれぞれ反対に回転し、ジャイロ効果を安定して発生させる。ロシア人は何十年とこのシステムを採用しているが、地上ではローターが自重で垂れさがるので、ヘリックスはどうしても失敗に終わった科学実験に見えてくる。

「あのローターが絡まないでいるっていうのが不思議なんだな」とザバーラが言った。

「まるで巨大な泡立て器じゃないか。ブレードどうしで斬り合いをはじめるぞ」

オースチンは目配せをしたが、遅かった。ヘイリーはザバーラの一言一句を嚙みしめていた。

「もういい」オースチンは風が出て降雪が激しくなってきたことに気づいた。「一八時間を切った」

グレゴロヴィッチはザバーラにキーロフと同乗するよう命じ、自分はオースチンとヘイリーと同じ機に乗りこんだ。

「人員は何名だ?」ドアが閉じられ、エンジンが始動するとオースチンは訊いた。

「一〇名、パイロットを除いて」グレゴロヴィッチは言った。「きみたちが三名。私、キーロフ、それに隊員が五名」

ヘリコプターの広い後部にスノーモービル三台とロープの束、それに登攀用具が積まれていた。「乗り物で行くのか、歩きか?」

「両方だ」とグレゴロヴィッチは言った。「行程の大半はスノーモービルに乗るが、氷河の縁ではエンジン音が洞窟に響く。そこからは徒歩だ」

それが合図のようにタービンの唸りが最高潮に達し、ローターの洗流が荷物を満載したヘリコプターを揺らしはじめた。前後に揺れた機体は、やがてゆっくり上昇を開始した。横風に煽られるのを感じながら、オースチンは窓外を見つめた。

ヘリは横に流されながら上昇をつづけた。パイロットは機体を立てなおし、積荷コンテナをかろうじて避けた。さらに三〇フィート上昇すると左舷側へ旋回し、加速しながら〈ラーマ〉の船首上空を通過した。

ヘッドセットがなく、会話はローターの騒音越しに叫ばなければならなかった。

「もどってきたら、船はここにいるかな?」とオースチンは大声をあげ、〈ラーマ〉に最後の一瞥をくれた。

グレゴロヴィッチは肩をすくめた。「どっちでもかまわない」

食中毒で寝込んだ連中とは別に、最低三名の兵士が船に残っている。その彼らが不安定な平和を尊重してくれることを願うしかないが、もしそれが崩れたらウィンズロウ船長と副長は苦戦を強いられるだろう。こちらには船長以下を守る手段がない。いまはとにかく、目の前の任務を遂行することだ。

「どうやって彼を止めるつもりだ?」とオースチンは訊いた。

「基地を力で制圧する」グレゴロヴィッチはそう言うと、一台のスノーモービルの後部に括りつけられた硬質のスーツケースを指さした。そこには放射能を示す世界共通の記号が表示されていた。「そして爆破する」

「あれはわたしの考えているものかしら?」とヘイリーが訊ねた。

「残念ながらそうだ」とオースチンは言った。

ヘイリーの顔が見る見る青ざめていった。核兵器と相席するというのは、飛行恐怖症がやわらぐどころの話ではないのだ。そう思う一方で、オースチンはいま手を組んでいるロシアの殺し屋同様、疑う余地のない兵器が搭載されていることに納得したのである。


深夜のワシントンに届くニュースというのは、まず朗報ではない。時計が零時に近づくころ、ダーク・ピットがひとりでいるオフィスに衝撃の一報が飛び込んできた。

「……これまでのところ、事故現場で八人の遺体を発見」とポール・トラウトの声がスピーカーフォンから聞こえてきた。継続中の太陽活動のせいで雑音が混じり、音声がひずんでいる。「ほぼ全員が持ち場から動いていません。船体に生じた亀裂の規模から判断すると、主甲板の下にいた者たちに避難の余地はなかったようです」

ピットはこめかみをさすった。「亀裂の原因はわかるか?」

「板金がねじれ、ひどく変形しています」とポールは言った。「しかし焦げ跡も爆発の衝撃痕もありません。船体はところどころ外側に曲がっているようです。しかし明確な答えは出せません」

振り出しにもどった。ピットはミサイルか魚雷で攻撃された証拠が出ることを望んでいた。爆発物の存在を証明できるなら内部爆発でもいい。ミズ・アンダーソンの検知器のせいではないとわかればよかった。そこがはっきりしないまま、システムの起動を〈ジェミニ〉に命じ、彼らを同じ危険にさらすわけにはいかない。

「船上の全員で決を採りました」とポールは問わず語りに言った。「こんな真似をする連中の居場所を発見するためなら、あえて検知器を使おうと満場一致で決めました」

ピットの顔に薄い笑みが刻まれた。〈ジェミニ〉の乗組員が示した気概に誇らしさをおぼえた。「あいにくNUMAは民主主義じゃない。私が許可を出すまで、その装置は封印だ」

「了解」

「新しい情報がはいりしだい報告をくれ」とピットは言った。

「そちらは真夜中でしょう」

「時計がゼロを打つまで一七時間。それまで、こっちの人間は誰も帰宅しない」

「わかりました」とポールが答えた。

ピットは通話が切れるのを待ったが、ポールからは切ろうとしなかった。「まだ何かあるのか、ポール？」

一瞬、空電の雑音が響いた。「訊かれませんでしたが、カートとジョーが見つからなかったことはお伝えしておこうかと」

「捜索をつづけろ」とピットは言った。

「了解。〈ジェミニ〉、通信終わり」

回線が切れて静かになると、ピットは椅子（いす）の背にもたれた。窓越しに外を望むと、ポトマック川のむこう岸の闇に明かりが煌（きら）めいていた。良心に照らせば、〈オリオン〉と同じ運命に追い込むやもしれぬ命令を〈ジェミニ〉に下すわけにはいかない。だがセロを見つけて止めるには、ほかに何を恃（たの）みにすればいいのか。

インターコムのスイッチを入れ、ハイアラム・イェーガーのフロアの番号を押した。

「イェーガーです」疲れた声が聞こえた。

「新しい発見は、ハイアラム？」

「あることはありますが」イェーガーはおずおずと言った。「でも役に立つかな」

「いまはどんなことでも」

「コンピュータを自動検索モードにしていて、とにかく意味がありそうなことを探してます。この方法で、コートランドとワターソンの死亡記事に共通点が見つかりましたよ」

「で、今度は何が見つかった？」

「またひとつ、奇妙な偶然の一致が出ました。ＡＳＩＯに送られた手書きの書簡について」

「つづけてくれ」

「見本を比較したところ、オーストラリアに送付された手書きの脅迫状と、情報提供者によってＡＳＩＯに送られた書類は、九〇パーセントの確率で同じ人間の筆跡によるものだとコンピュータが断定しました」

ピットは椅子に座りなおした。「その件はＡＳＩＯが除外したはずだが。一方が左利き、もう一方が右利きの筆跡だった」

「筆跡はちがって見えるように偽装されているけど、言葉の選び方とか筆圧、ペンの運びが類似してます」

ピットは結論を急いだ。「だが、脅迫状はセロの筆跡の見本と一致していた」

「そこはぼくも気づきました」とイェーガーは言った。「つまり、コンピュータが間違ってるのか、このセロって男がひとり二役をこなして、容疑者かつ密告者であるのか」

この驚くべき最新情報の持つ意味を理解できないまま、ピットはその裏に何か不気味な事情があるとにらんだ。なにしろイェーガーのコンピュータの精度は疑いようがない。

壁の掛け時計に目をやると、長針が真夜中の境を越えていた。この新たな展開については時を待たねばならない。

「どんな手段でもいい、ゼロを見つける別の方法を二時間以内に編み出してくれ、ハイアラム。それが過ぎたら、〈ジェミニ〉に検知器の起動を命じなければならない」

イェーガーは聞き取れない言葉をひとしきりつぶやいたあと、こう言った。「やります」

ピットは内線を切り、ふたたび窓のほうを向いた。ワシントンＤＣは深夜だが、オーストラリアは昼日中だ。ゼロを捜し出して阻止しなければ、この国が長く享受してきた平和の最後の一日となるかもしれない。

33

ロシアのヘリコプター二機は吹雪のなか、〈ラーマ〉の縦揺れする甲板から飛び立った。燃料を満タンにした機体は騒音をたてながら西をめざし、接近する気象前線に向かっていった。ほぼ絶え間なく乱気流に巻きこまれて機体は揺さぶられた。視界は一マイル未満に悪化した。じきに気温も下がり、暖房のないキャビンの内側に氷が付きはじめた。

ヘイリーが氷を引っかくと、雪のようにはらはらと落ちていった。「家の冷凍庫を思いだすわ」

「凝結だ」とオースチンは言った。「吐く息が凍る」

「まさか冷凍のグリンピースの気分を味わうとは思わなかった」とヘイリーは言った。

新たな乱気流に呑まれ、ヘイリーは座席の肘掛(ひじか)けをつかんだ。

「きみはよく頑張ってる」

「感覚が麻痺したみたい」

「いいほうに考えよう。これを生き延びたら、きみは飛行恐怖を克服できるかもしれない」

オースチンは笑みを浮かべたが、ヘイリーは虚(うつ)ろな目をしていた。人が落胆したときの表情は知っている。ヘイリーはさしたる希望もなく前に進んでいる。感情が枯渇して、義務を果たしているだけなのだ。

オースチンは笑顔を消した。「地上に降りたら何が起きるかわからない。きみが信頼できるか知っておきたい」

「できるわ」とヘイリーは言い張った。

「だったら隠していることを話してくれ。きみは初めから何かを秘密にしている。そろそろ白状してもいいころだ」

ヘイリーは顔を上げ、茶色の瞳(ひとみ)をふるわせた。「わたし、密告者の正体を知っていると思う。セロの息子のジョージよ」

「セロの息子?」

ヘイリーはうなずいた。

「そう思う根拠は?」

「筆跡が似ているの。それに密告者は最初の手紙で、自分は〝よりよき良心にしたがって〟行動しているって書いたわ。ふつうなら〝良心にしたがって〟行動するって言うところを、ジョージはいつも〝よりよき良心〟って使った。自分は父親の良心だと言うことさえあったわ。セロが無謀な真似をしようとしたり自制心を失いそうになると、説得して思いとどまらせたことも」

「息子は死んだんだと思ってた」

「わたしもそう。でも、それを言うなら、みんなセロは死んだと思っていたんじゃない？」

オースチンはうなずいた。

「爆発後はほとんどなにも残らなかった」とヘイリーは言った。「葬儀はあったけど柩(ひつぎ)は空だったわ」

「するとセロが生き残ったなら、子どもたちも生存している可能性がある。だったら、なぜそれを自分ひとりの胸にしまっておいた？」

「初めは自信がなかったわ。これはジョージだって確信したころには、情報を運んでくれた最初のふたりが見つかって殺されて。その時点で、ASIOの内部情報が洩れてるんだってはっきりした。わたしがブラッドショーに渡す情報は、セロの手にも渡ると思ったから、もう誰にもしゃべらないことにしたの。わたしの推測が正しくて、ジョージが焼尻島の爆発事故を生き延びたとしたら、わたしたちを止めようとしたジョージが殺されるなんてことにはなってほしくなかった」

「きみは賢明な選択をしたと思う」とオースチンは言った。「本当にジョージだと思う?」

「彼はいい人だった」ヘイリーは迷いなく言った。「日本には行きたがらなかった。実験をつづけたくないって。でも自分が行かなかったら、父親の行動を抑える人間がいなくなるって考えた」

「それできみは無理をしているのか。ジョージに借りがあるから?」

「ちがう?」

「ぼくはそれに答える立場じゃない」とオースチンは言った。

「施設のなかでジョージが見つかったら、わたしたちに協力してくれるかもしれない」

オースチンはうなずいた。「かもしれないな」と慎重に答えた。

機体が新たな下降気流に襲われ、ヘイリーはオースチンの腕にしがみついた。オースチンはヘイリーの手をやさしく叩き、それをしおに席を立つとコクピットへ向かった。入口から顔だけ突き入れると、グレゴロヴィッチとパイロットはヘルメットと一体のゴーグル越しに前方を見ていた。オースチンは機体の減速を肌で感じた。

「もう着くのか?」

「まもなくだ」とグレゴロヴィッチが言った。

オースチンは風防の先を見通した。白い雲と流れていく雪しか見えない。ゴーグルを通せば視界はましになるのだろう。レーザー式距離測定器と赤外線のポッドを、あらかじめ機首に取り付ける作業を目にしていた。

「うちの除氷装置を付けてもらえばよかったな」

ヘリコプターは横に煽られながら降下していた。電波高度計が地上までの距離をロシア語で読みあげていた。もう一機のヘリコプターが前方に見えたかと思うと、渦を巻く雲と雪の幕に姿を消した。

さらなる乱気流に巻きこまれ、横倒しになりそうなほど機体が傾いた。

「ビッグベン方向から下降気流発生」パイロットがそこに対応しながら言った。

やがて機体は雲の下に出た。オースチンの見たところ、地上まではわずか四〇フィートほどだった。もう一機は右前方の雪の積もった地面をゆっくりと横切っている。ゴーグルを装着していないと、空がどこで終わり、地面がどこからはじまるかも判別できない。白銀の世界だった。二機はさらに速度を落として着陸態勢にはいった。

ローターの吹き下ろしで人工の猛吹雪が発生し、機体はまたも横に煽られたが、ようやく車輪が接地して雪に沈んだ。

オースチンがここまで着陸に喝采するのはめったにないことだった。

五分後、周辺をすばやく偵察し、敵に発見されていないことを確認したうえで、全員が二機のヘリコプターを降りた。スノーモービル六台に登攀用具、スーツケース爆弾の荷物がすべて降ろされ、準備がととのった。

一同は巨山のシェルターに集まったが、強風に雪が横殴りに吹きつけてくる。天候はどこまで悪化するのか。ビッグベンの山容はほとんど雲に隠れていた。

グレゴロヴィッチが口笛でパイロットを呼び寄せる一方、ザバーラがロープをバックパックと槍(やり)のようなものに結びつけていた。向かい風のなか、オースチンは相棒のほうへ歩を進めた。「この旅行でマイルは貯(た)まったか?」

「ああ」とザバーラは言った。「そっちは?」

「サービスに申し込んでなかった。この航空会社は二度と使いたくない。だからポイントはなしだ」オースチンは槍を指さした。「なんだ、それは?」

「RPH、ロケット推進式銛(もり)」とザバーラは言った。「氷の表面に撃ちこめば、フリークライミングを避けられる」

「連中がおまえに?」

「誰も運びたくないからさ。頭(ヘッド)はタングステンと鉛で出来てる。めちゃくちゃ重い」

「山を登ることになったら、すこしは時間の節約になるか」

「そっちは何を運ぶんだ?」

「C-4爆薬と信管だ。爆破して侵入する場合に備えて」

「自分を吹き飛ばさないように。あの年の七月四日みたいに、ローマ花火をディスカウントストアで買い占めて――」

カラシニコフの銃声に、ザバーラは口をつぐんだ。

オースチンは雪中に身を投げ出し、マカロフを引き抜いた。すばやく身体を回して銃を振った。ザバーラが脇に駆けこんできて、スノーモービルを楯にした。

オースチンは着陸地帯に目を走らせたが、攻撃を仕掛けてくる者の姿はなく、ロシア人たちが銃を構え、同じく標的を捜しているだけだった。

やがてグレゴロヴィッチが前に進み出た。両手で持ったライフルから細い煙が流れていた。「パイロット二名は死んだ」と発表した。

「なんだって⁉」とキーロフがわめいた。「気は確かか?」

「用心のためだ」とグレゴロヴィッチは返した。「連中の話を耳にした。われわれを置き去りにしようとたくらんでいた。悪天候で飛行不能になるまえに、自分たちだけで貨物船に引きかえそうとな。もうその心配もない」

兵士たちがざわついた。グレゴロヴィッチはキーロフを睨みつけた。

「おまえも一緒に逃げる気でいたんだろう」と敵に向かって言った。「私の背中に銃弾を撃ちこみ、腰抜けみたいに逃げ帰るつもりでいた」

「ちがう」とキーロフは言い張った。

「だが、おまえも操縦はできるな?」とグレゴロヴィッチは追及した。「履歴にそうあった」

「それはしかし――」

最後まで言わせず、グレゴロヴィッチはキーロフを射殺した。あおむけに倒れたキーロフの下で、白雪が血の赤に染まった。

「答えを間違えたな」オースチンはザバーラに耳打ちした。

「いまの質問の答えなら、おれは知ってる」とザバーラは言った。

ロシア人兵士たちはショックを受けていた。「任務が終わったら、どうやってここから出るつもりですか?」とひとりが訊ねた。

「私が操縦する」グレゴロヴィッチは言った。「アフガニスタンで三年間、戦闘機に乗っていた。Ｍｉ‐17にＭｉ‐24。どれもこれもたいした差はない」

「一機に全員乗るんですか?」と別の兵士が訊いた。

グレゴロヴィッチはうなずいた。「用具を積まなければスペースが空く。ただし、ゼロの隠れ家を見つけて爆弾を仕掛けるまで、誰もこの島を離れない」

ロシア人たちの間に流れる張り詰めた空気は、点火を待つ火薬の山のようだった。だが圧倒的な優位に立つグレゴロヴィッチを前に、兵士たちとてなすすべがなかった。故郷の地をふたたび踏みたいなら逆らえない。それどころか、グレゴロヴィッチを命懸けで守らなくてはならない。

兵士たちは武器をしまいはじめた。

「ツイてるな」とザバーラがつぶやいた。「ボルシェビキ革命に巻きこまれて」

「それを言うなら、ベラクルスの港で船を焼き払ったコルテスだろう」とオースチンは切りかえした。「手下がメキシコから脱出しないよう先手を打った」

「あの男、抜け目がないな」

「どこかで尻尾を出すさ。とにかく、間違ってもパイロットを名乗らないことだ」

ザバーラはうなずいた。オースチンは雪が舞うなかを、ヘイリーが立っている場所までもどった。

「もう大丈夫だ」

「いいえ」とヘイリーは尖(とが)った声で言った。「大丈夫なんかじゃない。この先も大丈夫になんてなりっこないわ」

オースチンはスノーモービルに乗った。ヘイリーが後ろに乗りこんだ。腰に腕をまわしてきたヘイリーが、身体をふるわせているのがわかった。寒さのせいではない。ヘイリーがいま目撃したことを帳消しにできるような言葉はなかった。しかも、この先何時間ものあいだに、ふたたび血を見ることになるのは確実だろう。

グレゴロヴィッチが腕を振って合図を送った。先頭の兵士がエンジンを吹かして出発した。オースチンがオレンジ色のゴーグルをはめている間に、ザバーラが先頭のスノーモービルにつづいた。

オースチンの番が来た。スロットルを開いて加速すると、ロシア人たちの後ろにつき、先を行くモービルの轍をたどった。グレゴロヴィッチは全員を視界に入れておくつもりか、最後尾についた。

地形図によれば、ビッグベンの裏側を七マイル走行したあと、二〇〇フィートの尾根を降りることになっている。そこからはクレバスだらけの地帯を二マイル歩く。反対側まで移動したらウィンストン氷河の端に到着する。入口を見つけて爆破し、セロの要塞に侵入する。

単純明快な計画だ、とオースチンは思った。ただし、計画が狂う可能性はごまんとある。とはいえ、多少の運があれば、最低でも一〇時間の余裕を持って、日暮れまでにアジトにはいれる。

34

NUMA本部

地球の反対側では、ダーク・ピットがつらい決断を強いられていた。ハイアラム・イェーガーから解決策の返事がない以上、〈ジェミニ〉を危険にさらさざるを得ない。

「船の備えは固めたか？」とスピーカーフォン越しに訊ねた。

「防水扉はすべて閉じました」とポール・トラウトが答えた。「乗組員はサバイバルスーツに着換えて上甲板に移動。救命ボートの準備は完了。装置が爆発して船底に穴が開いたり、セロに自動追尾されて放電のような攻撃を受け、船体が破壊されたりした場合は六〇秒以内に〈ジェミニ〉から脱出します」

万全の対策だ、とピットは思った。これ以上できることはない。「大げさだったと笑い話ですむことを祈ろう」

「テレメトリのリンクはどうなってます？」とポールが訊いた。

ピットはコンピュータの画面に目をやった。「そちらのデータは支障なく受信している。太陽活動はやや低下した」

「よかった」と女性の声がした。「わたしたちが吹き飛んだら、いちばんに気づくのはあなたよ」

「きみは命令で上甲板にいると思っていたが」ピットはガメーに話しかけた。

「ええ」とポールが応じた。「でも、突発的聴覚障害を起こして命令を聞き逃して」

「わかった」とピットは言った。「準備ができしだい、いつでも」

わずかな沈黙のあと、ポールの声が聞こえた。「起動手続き開始まであと五秒……四……」

「待って！」ピットの外のオフィスから大声が聞こえた。「待って！」

ハイアラム・イエーガーが紙の束を握りしめて駆けこんできた。「見つけた」

「待機だ」とピットは電話に向かって言った。「何がわかった、ハイアラム？　セロの居場所と言ってくれ」

「そうじゃないんですが」イェーガーは青地にギザギザの線が縦横に走るプリントアウトを差し出した。点を結ぶゲームのような図だった。

「これは何だ？」

「過去四八時間の船の針路です」

「どの船の？」

イェーガーは息を切らしていた。エレベーターがすぐに来なかったので、一〇階から駆けあがってきたのだ。「正確にどの船かわからなくて。でも、重要な情報です——そこは確実に」

友人の判断を疑うわけではないが、はっきりさせる必要があった。「いったい何の話なんだ？」

「むこうでは嵐が発生して」とイェーガーは言った。「その海域にいる船舶は待避するか、少なくとも速やかに通過するはずなのに、この船は変則的に針路を変更して、円を描くように回ってます。現在の位置に達するまで丸二日かけて。まっすぐに進めば一〇時間で着くのに。だからなんだというわけではないけど、怪しい」

ピットもそこに異論はなかった。しかし、船が妙な針路を取るのには理由がある。そのひとつが頭に浮かんだ。

「あのあたりは密漁が多い」とピットは言った。「オーストラリア人が密漁船を追いまわしてる。毎年、何隻かは拿捕(だほ)される。あれはトロール漁でごっそり魚を取っていくんだ。だが航路からは離れているし、捕まりたくないから一カ所に長居はしない」

「最初はそう思ったんですけど」とイェーガーは言った。「この船はトロール漁船じゃない。コンテナ船のたぐいです。それに針路変更も見た目ほど適当じゃない。パターンがあるって」

ピットはギザギザの線を見た。「パターンがあるようには見えないが」

イェーガーはふたつめのアイテムを手にしていた。透明のシートである。そのシートに何やら印刷されている。

「角度はかすかにずれてるし、一辺の長さも合ってませんけど、かなり近い」

イェーガーは透明シートをプリントアウトの上に置き、端をそろえた。透明シートのパターンの左側は、さまよえる謎の船がたどった針路とほぼ一致していた。

ピットは即座に全体像を見て取った。「オリオン座か」

イェーガーはうなずいた。「理由はわかりませんけど、このさまよえるコンテナ船は星座の半分だけを描くように動いてる。相当な努力の跡が見て取れる」

「偶然という可能性は？」ピットは思いを口にした。

イェーガーは首を振った。「こんな転針と正確な距離の移動を、でたらめでくりかえす船が存在する確率は一〇〇〇万の一。さらに〈オリオン〉沈没の数時間後に、同じ海域でこのパターンが開始された事実を加味すると、確率は一〇億分の一か」

ピットはうなずいた。その船に乗る人間が、その船を管理する何者かが世界に何かを訴えようとしている。この奇妙な事象が起きた背景がどんなものかは測り知れないが、これをやってのけるほど茶目っ気があり、かつ知性をもつ人物には心当たりがある。

「カートか」無意識のうちに、そう口にしていた。

イェーガーはうなずいた。「局内きっての天文学マニアですよ。いつも望遠鏡を持って屋上に上がってる」

「その船はいまどこにいる？」

「ここです」イェーガーは地図上のある地点を指さした。「ハード島の東南東三〇〇マイル沖。しばらく同じ位置に留まっていたけど、いまは全速と思われるスピードで北東に移動しています」

ピットはスピーカーフォンに向きなおった。「ポール、いまの会話を聞いたか？」

「ふたりで聞きました」とポールが言った。「じつはガメーの聴力が急速に改善したみたいで。当然、ぼくらの気分のほうもぐんとよくなりました」

「こちらもだ」とピットは言った。「しかし、有頂天にはならないようにしよう。全員を持ち場にもどせ。例の装置は電源を切ったままにしておくこと。それから船長に伝えてくれ、全速で真西へ向かえと。大至急だ」

「彼らと無線で連絡を取ってみますか？」

ピットはしばし考えをめぐらした。「いや、事情はわからないが、その船に乗って無線を使える人間がいれば、とうに連絡をよこしてるはずだ。詳細がわかるまで無線連絡は控えるように。追って指示を出すが、船上パーティの計画を立てはじめるのも悪いアイディアじゃない」

「了解、長官」とポールは言った。「〈ジェミニ〉、通信終わり」

数日来初めて、ピットの胸に楽観的な思いが込みあげた。彼は針路線に目をもどし、それが幻ではないことを確かめた。

「この船について、できるだけ調べてくれ」とイェーガーに言った。「船主は誰で、どこを航行していたのか、世界の果てで何をしているのかを知りたい」

イェーガーはうなずいた。「この情報をNSAに伝えたほうがいいですか?」

ピットは迷ったすえに首を振った。「愚かな思い違いじゃないか、先に確認することにしよう」

35

ハード島

ヤンコ・ミンコソヴィッチはハード島の地下数百フィートの薄暗いトンネルを闊歩（かっぽ）していた。トンネルの端から端まで延びる小型のベルトコンベアに沿って進んだ。ベルトは低く唸りをあげながら、岩などの原料を逆方向に運んでいる。トンネルの突き当たりには、岩を切り出してつくられた、いびつな形の大部屋があった。

直径が一〇〇フィートあまりのその空間は、テラスのような場所に通じていた。フラッドライトの下、粉塵が大量に舞うなかを、二〇人を超える労働者がドリルを使い、つるはしを振るって立ち働き、その労働の成果を手押し車でベルトコンベアまで運んでいた。

ヤンコは、労働者を鎖でつないだ囚人さながらに監視する大柄の現場監督のもとへ向かった。

「ここであんたに会えるとは驚きだ」現場監督は騒音に負けじと声を張りあげた。

「産出量が減ってる」とヤンコは怒った口調で言った。「石ころばかり送りつけやがって」

現場監督は身じろぎすると、無精ひげの伸びた顔にせせら笑いを浮かべた。

「こうなるってことは何カ月もまえから言ってる。この山のダイアモンドはキンバーライト・パイプにふくまれてる。長い年月をかけて、火山活動で地表に運ばれた。鉱脈っていうのは水平じゃなく、垂直に走ってる。さいわい最上部に含有量が多かった。でも、親分がいちばんいいとこをかすめたんだろう?」

ヤンコは反応しなかった。

「まあ、とにかく」現場監督は話をつづけた。「産出量は減る一方だ、そっちで重機を用意してくれるまではな。できれば水中で使えるのがいい」

「そのつもりだったが」とヤンコは言った。「ASIOに積み荷を奪われた」

「だったら従業員を増やすことさ」現場監督は感情のこもらない声で言った。

ヤンコはまわりに目をやった。かつては一〇〇人を超える労働者がいた。拉致されたり、高額の報酬に目がくらんだ男女が集まっていた。しかし仕事はきつく、事故は日常茶飯事だった。この一年で半数が命を落とした。ほとんどは事故死だが、なかには脱走をくわだてた者、反抗するとろくなことにならないという見せしめで拷問され、殺された者もいる。

壁に据えられた箱型のインターコムが鳴った。ヤンコが重い受話器を取ると、意外にもセロの声が聞こえてきた。

「問題が発生した」とセロが言った。

「どんな問題が？」

「この無人島にいるのは、もはやわれわれだけではない」

ヤンコの身体がこわばった。「放ってはおけない相手ですか、去年、上陸してきたアザラシの密漁者とはちがって？」

「ちがう」とセロは言った。「やつらはスノーモービルで内陸部を走っている。空から氷河に降りたにちがいない。つまり軍隊ということだ」

「どうしますか？」

「ホバークラフトを準備しろ。始末してこい」

「ただちに」

ヤンコは電話を切り、現場監督と視線を交わした。

「これでおしまいか？」

「とはかぎらない」とヤンコは言った。「だが、いつまでもつづかないとはわかっていたことだ。最後の積み出しの準備をしたほうがいい。事がまずい方向に行ったら、金目のものは持ち出せるようにしておかないと」

36

ハード島　ウィンストン氷河

スノーモービルの一団は冬景色のなかを慎重に移動していた。厚い雲、降雪、突風がホワイトアウト現象を惹き起こしていた。そのせいで操縦にてこずっていた。先頭のスノーモービルは二度も深く柔らかい雪にはまった。またある地点では、急勾配で安全に進めないとの判断から、引きかえして別の道を探すことになった。風雪をしのげる場所で小休止することになり、グレゴロヴィッチが地図の検討をはじめた。オースチンはゴーグルを押しあげてヘイリーを振りかえった。「大丈夫か？」

「凍えそう。爪先の感覚がないわ」

ヘイリーもゴーグルを上げた。頰は風灼けして、唇は血の気が引いていた。帽子からこぼれたブロンドの髪が凍りついている。

オースチンは座席から降りた。「休憩中は歩いたほうがいい。血行がよくなる」

納得したヘイリーは、オースチンの手を借りてスノーモービルを降りた。

「どこへ行く?」とロシア兵が質した。

「散歩だ」とオースチンは言った。「いい天気だから」

「迷子になるなよ」

オースチンはその言葉を考えてみた。脱走するなら、猛吹雪(ブリザード)は恰好の道具立てになるが、やる意味がない。逃げ場はどこにもなかった。

歩きだしてから斜面を指さした。「あの尾根に登って、先の様子を見てくると委員(コミッサール)に伝えてくれ。すぐにもどる」

オースチンはそう言うと、ヘイリーの手を取って斜面を登りはじめた。標高三五〇〇フィートの高地で、膝まで雪に埋もれながら山道を行く運動はたしかに血行改善につながる。心臓が活発に働き、その頂の半ばあたりで体内の火炉が燃えだし、顔が火(ほ)照(て)ってきた。

「気分はよくなったかい?」

「ええ、温まってきたわ」とヘイリーは言った。「頂上にはスキーロッジがある?」

「どうかな。でも、もしかしたら……」

それを言い終わらないうちに、不思議な音が風に乗ってオースチンの耳まで届いた。

小型のジェットエンジンを思わせる高音だった。それが遠のいてはもどってきた。

あたりを見まわすと、尾根はほぼ半円をなし、遠くの音を聞き取るには絶好の浅いボウル状の地勢だった。

音がもどってくると、オースチンは氷原に視線を走らせた。降る雪で視界はよくない。色の濃淡をはっきりさせようと、オレンジ色を着けたゴーグルを引きおろした。すぐに動きを捉えることができた。小型の乗り物の群れがこちらに向かってくる。

その動きはどこか妙だった。雪の上を苦もなく移動している。

「ヒューストン、問題発生」

「何なの？」

「ひと波乱あるぞ」

オースチンはヘイリーの手をつかんで丘を下りはじめた。飛んだり跳ねたり、斜面を滑ったり、すこしでも距離を稼ごうとした。麓まで降りて一行のもとに駆けこんだ。

「誰か来る」と鋭い声で言った。

「どこから？」とグレゴロヴィッチが訊いた。

「尾根のむこう側から」

「徒歩で？」

「いや。ホバークラフトを使ってるようだ」

直後に、例の甲高い音が麓まで届いた。

「移動だ！」グレゴロヴィッチが命じた。

ものの数秒でスノーモービルのエンジンはかかったが、ほぼ手遅れだった。ホバークラフトの集団は猛スピードで斜面を下り、恨みを晴らそうという幽霊さながら雪煙のなかから姿を現わした。

オースチンとヘイリーはマシンに飛び乗った。「つかまってろ！」とオースチンは叫んでスタートボタンを押し、スロットルを開いた。

ヘイリーがしがみつくと同時にスノーモービルは前方に飛び出した。ライオンに襲われたガゼルの群れよろしく、残りの者たちも散開した。意図した戦術ではなかったが効果はあった。六台のスノーモービルにたいしてホバークラフトはわずか四台。全員を追跡することはできない。

吹きだまりを避けて斜面を滑降しながら、オースチンはヘイリーの背後を振りかえった。あいにく追っ手が一台、優雅な姿で獲物に迫ってきていた。

「しっかりつかまれ！」オースチンは叫んだ。「荒っぽくいくぞ」

視線を前方にもどしたオースチンは、スロットルを全開にして雪原を縫うように走った。島に森があれば、まっすぐそこに逃げこむところだが、ハード島に樹木は生えていない。隠れる場所を見つけるという点で、幸先（さいさき）はよくなかった。

右に切れこむと、目の隅に小さな爆発が見えた。それを避けて進路を左にもどすと、また別の爆発が見えた。

それに付随する音は聞こえなかった。振動も伝わらず、煙も上がらない。それこそ動いているジェットエンジンを後ろから眺めるような、ぼやけた形だけが見えた。

「もしかして例のあれか？」

「フラッシュ・ドローよ」とヘイリーは叫んだ。「とにかく離れて」

「すばらしい助言だ」

猛スピードで走りながら、オースチンは、過ぎ去っていく変わりばえのしない地形の細部に目を凝らした。ゴーグルをしていても明暗に乏しく、窪みや隆起に気づくのは不可能に近かった。凹凸のある路面で二度転倒しかけ、小さな岩棚からいきなり宙に飛び出した。

Xゲーム顔負けの技で、時速四〇マイルで空を舞ったスノーモービルは、約五フィート落下して下り斜面にしっかり着地した。

オースチンが風防に打ちつけて顎を切り、身体を揺らしても、ヘイリーは獲物を絞め殺す大蛇のごとくオースチンの腰にしがみついていた。

ホバークラフトは同じ岩棚を躊躇なく跳び越えた。オースチンたちが受けた衝撃とは無縁で、エアークッションを活かして滑らかに接地した。顎から血を流しながらも、オースチンの頭脳はめまぐるしく動いていた。ザバーラがアウトバックで見たのはこれだ。ホバークラフトは究極の全地形対応車輛なのだ。

その魔の手から逃れる方法に思いを凝らしながら、オースチンはモービルを駆った。

オースチンとヘイリーが走り去ったころ、ジョー・ザバーラは進む方向を間違えたことに気づいた。彼はオースチンたちが登った尾根にマシンを向けていた。スロットルを開いてハンドルをひねった。エンジンが回転を上げ、轍が弧を描いた。ザバーラはスノーモービルのノーズを新たな方角に向けた。

前方に飛び出して小丘を登り、反対側へ下っていくと、ロシア人に横から突っ込む進路になった。

そのロシア人のすぐ後ろから、灰色のホバークラフトが丘を下ってきた。幅広で扁平なホバークラフトはエイを連想させる。盛りあがった中央部にキャビンとタービンエンジンを収め、薄い周縁部とそこから垂れさがるゴム製スカートが、おもに浮力を生むエアークッションをつくりだしている。

ザバーラはロシア兵士を追う灰色のクラフトの背後についた。元々の標的に注意が向いて、操縦士に気づかれていないと踏んだのだ。氷原を疾走しながら、背中に負ったライフルに手を伸ばして、あやうく操作を誤りそうになった。

ライフルを滑らせるようにして、ようやく身体の脇まで持ってきた。肩に掛けたストラップでライフルは固定されている。そんな状況で、僚機を救おうという戦闘機乗りさながら標的に接近した。ホバークラフトが目の前を横切ろうとしたところで、ライフルの安全装置をはずそうとしたが、厚手の手袋のせいで思うにまかせない。まごついていると、ロシア人のスノーモービルがいきなり右に折れた。

　ホバークラフトがそれにつづくと、ザバーラも身体を倒し、テールを振りながらカーブを切ってふたたび標的を定めた。手袋をはめた手を口もとに持っていき、指先の生地を咬(か)んで手を引き抜いた。寒気でたちまちかじかんだ素手でライフルのグリップをつかみ、安全装置をはずして撃った。

　銃口から放たれた弾丸はすべて的をはずした。

　ホバークラフトが左折すると、ザバーラは再度発砲した。今度は命中した——飛び散るファイバーグラスの破片が被弾を裏づけた——が、ホバークラフトはなんの影響もなく走りつづけた。

　前方では、ロシアの特殊部隊員が二人乗りしたスノーモービルの行く手に、岩がちな尾根と新雪の吹きだまりが待ち受けていた。彼らはその隙間に突っ込んだが、それは致命的な過ちだった。

　ホバークラフトの操縦士は特殊部隊員たちを易々(やすやす)と照準に入れ、武器を発射した。フラッシュ・ドローが命中し、二名の隊員は失神してエンジンがストールした。モービルは横を向いた。右側のスキーが轍にはまってコントロールを失い、ぐったりした兵士ふたりを別々の方向に放り出した。

スノーモービルの過ちをくりかえすことなく、ホバークラフトは右に折れた。斜面を登って横すべりしながら、今度は船首をザバーラのほうに向けた。

ザバーラはセレクターをフルオートにして撃ちまくった。銃弾はホバークラフトの前部を引き裂き、風防を粉砕した。そこまでダメージを受けながら、ホバークラフトの勢いは止まらなかった。

迫りくるホバークラフトを避けようとして、ザバーラのスノーモービルは氷上をスキッドした。このままでは光線を浴びるか首を刎(は)ねられる。ザバーラはスノーモービルから飛び降り、地面に身を投げた。

ホバークラフトはザバーラの頭上をかすめると、竜巻のような音をたて、破城槌(はじょうつい)そのままにスノーモービルを叩きのめした。ホバークラフトのスカートの下で発生するすさまじい気流に、ザバーラは横ざまに吹き飛ばされていた。それこそハイウェイを走るトラックの後ろで、風に巻かれて翻(ひるがえ)る新聞紙のように。

地面を転がり、それが止まるやいなや、ザバーラは起きあがって走りだした。ホバークラフトはまた方向転換すると、もう一度ザバーラに襲いかかろうとした。乗っている悪党どもが涎(よだれ)を垂らしながら、「轢(ひ)いてしまえ!」と吠(ほ)える姿が目に見えるようだった。

さして時間はかからない。

雪道を力走するザバーラに、ホバークラフトはその一〇倍の速度で迫ってくる。マシンの音が大きくなってくる。ザバーラは地面に身を伏せ、自動小銃の銃声を轟(とどろ)かせた。顔を上げると、進路を逸れたホバークラフトから煙が流れているのが見えた。一〇〇フィート進んで浮力を失い、船首から雪に突っ込んだ。一〇フィート潜って動きを止めた。

別のスノーモービルが走ってきて、ザバーラの傍らで急停止した。

「乗れ！」とグレゴロヴィッチが怒鳴った。

普段なら運転するほうを好むザバーラだが、ここは文句をつける気にもならなかった。乗りこんで手すりをつかむ間もなく、グレゴロヴィッチがスロットルを全開にした。

半マイル離れた場所で、オースチンはフラッシュ・ドローのショック波を避けようと奮闘していたが、相手をまくことも振りきることもできずにいた。ただひとつだけ、自分たちに有利な点があることに気づいた。

「摩擦力ではこっちが上だ」とヘイリーに叫んだ。

「何の話？」

「方向転換をするとき、むこうはボートや飛行機と似た動きをする。つまり横に滑る。でも氷の上じゃなければ、こっちはむこうの回転半径の内側にはいれる」

「それが何の役に立つの？」

「見てろ」オースチンはつと右にカーブを切り、来た方向をもどった。

ホバークラフトは律儀に後を追い、大きく旋回してふたたび距離を詰めはじめた。

オースチンはフルスロットルで、制御を失いそうになりながらもでこぼこした地面をひた走った。

またも幻影のようなものが右手をかすめていった。

「いまのはかなり近かった」とヘイリーが言った。

幅の狭い、スキー場のコースとコースをつなぐ細路のような場所に近づいた。氷河が右に流れ落ち、岩稜（がんりょう）が左にそびえ、ビッグベンの麓をめぐる山道のようになっている。

オースチンが岩稜を選んで壁に寄せていくと、傍らの地形は急激に傾斜していた。そこでスロットルをわずかにもどした。

「近づいてくる！」とヘイリーが叫んだ。

尾根が狭くなったあたりで、オースチンはブレーキをかけ、ハンドルを切って車体の左側に全体重を乗せた。ヘアピンカーブでライダーがやるように上体を大きく倒した。

スノーモービルのスキーが深く潜った。背後に旋回の態勢にはいるホバークラフトの船体を認めた。すると頭のなかに閃光が見え、落ちていく感覚をおぼえた。目の前が暗くなっていく感覚だった。

力の抜けた身体がスノーモービルから飛ばされ、五〇フィートも滑って雪の土手に突っ込んだ。その動きは止まったものの、オースチンは雪に埋もれて完全に意識を失っていた。ヘイリーもスノーモービルから転げ落ちたが、パーカを引っかけてハンドルが空母の制動索の働きをして、壊れたスノーモービルからほんの数ヤードの場所に留まった。

オースチンにはヘイリーの姿も、自分の計画の首尾も確認することができなかった。彼の狙いどおり、スノーモービルの急転回はホバークラフトの追随を許さなかった。ホバークラフトは横に滑って岩稜の断崖を越え、その勢いで横倒しになった。小さな崖なら苦にもしなかったが、八〇フィートの落差は大きすぎた。

ホバークラフトは地面と至近距離を保つことで揚力を生む。その地面が突如消え、クラフトは船体を傾けて落下していった。

そして斜面に衝突して横転した。ファイバーグラスの破片が四散した。動きは止まったが、船内から出てくる者はいなかった。

斜面のさらに下で、ザバーラとグレゴロヴィッチは苦境に立たされていた。セロ一味の新たなホバークラフトに発見されてしまったのである。ふたりは氷河の絶壁のほうへと追いつめられていった。

「氷壁に追いこむつもりだ」とザバーラは叫んだ。

「回りこむのは無理だ」とグレゴロヴィッチが言った。

ザバーラは後ろを振りかえった。ホバークラフトは距離を置き、船体を右に左に振っていた。グレゴロヴィッチがどんな動きを仕掛けても、それに苦もなく対応してくる。ここは自分がなんとかしなければ。ザバーラはライフルからクリップを引き抜こうとしたが、手袋をしていない手はすでに感覚がなくなっていた。反対の手袋をはずして空のクリップを抜き、新品を装塡した。

「ここで降りる」とザバーラは叫んだ。

グレゴロヴィッチを押しのけて脚を出し、スノーモービルから飛び降りると、二度めの雪上回転をおこなった。

その体勢から、やがて顔を下にして雪面を滑っていった。襟の隙間からはいってくる雪に身を縮めた。まもなく身を起こして顔の雪を払い、位置を確認した。

グレゴロヴィッチはまだ氷河をめざしていた。ホバークラフトはザバーラを無視してグレゴロヴィッチの追跡にかかっている。

ザバーラはライフルを構え、ホバークラフトの動きを計算しながら狙いを定めた。発砲しようとした矢先、二度めの甲高い雑音に気をとられた。

引き金はひいたものの、ゼロ一味のスタンガンのようなものに撃たれていた。アウトバックのときと同じ、脳内だけで見える眩しい閃光に包まれて、ザバーラは雪の上に崩れ落ちた。自分が命中させたかどうかもわからずに。

37

三〇分後、白い空が暗くなりかけたころ、残る二隻のホバークラフトはオースチンとヘイリーが衝突した岩稜に注意深く近づいていった。ヤンコは赤外線スコープを使って、急斜面の底で大破した乗り物の様子をうかがった。その直後、スノーモービルに気づいた。

ヤンコは無線の送信スイッチを入れた。「第二班、斜面を下り、生存者の有無を確認しろ。われわれは頂上に向かう」

「了解」もう一隻の操縦士が答えた。

二隻が編隊をくずすと、ヤンコは熱源を探して周囲の斜面に目を走らせた。検知されたのはわずか二件――スノーモービルの赤熱したエンジン、そこから一〇フィート離れて倒れている人間。

ゴーグルをはずし、ホバークラフトを停止させた。動きが止まるとハッチを開いた。

「待機しろ」ヤンコは射撃手に言った。「目を見開いておけ」

短銃身のサブマシンガンを携え、ヤンコはホバークラフトを降りると壊れたスノーモービルのほうへすこしずつ足を運んでいった。

「少なくとも命中はしたわけだ」とひとりごちた。

雪上に横たわる人物のほうへ行き、その身体を転がした。驚いたことに、白いパーカのフードからブロンドの髪がのぞいていた。

その女の顔からゴーグルをはずした。見た顔だった。水没した採鉱場の研究所で、爆薬のそばに縛りつけてきた女だ。

「生きていたのか」とヤンコはつぶやいた。

無線が鳴った。「ヤンコ、こちら第二班」

ヤンコは携帯無線を口もとにあてた。「どうぞ」

「岩稜の麓に到着。第三班は全滅。操縦士も射撃手も死亡。本艇を引き揚げる手段はなし。焼却しますか？」

「いや。これ以上、人目を惹くことはない。この吹雪で、これから一二時間で一フィートは積もる。雪が隠してくれる」

「隊員たちは？」

「運び出せ」とヤンコは言った。「この氷河に死体を放置するのは望ましくない。敵も味方も」

聞こえてきた二度のクリックは、部下が了解し、命令に従うという意味だった。ヤンコは周波数を切り換え、新たな通信を開始した。

「セロ、こちらヤンコ。聞こえますか？」

「どうぞ」セロのしわがれた声が答えた。

「こちらは終わりました」

「全部始末をつけたか？」

「スノーモービルは全車仕留めました」とヤンコは言った。「その過程でホバークラフト二隻の被害が出ました」

「何者だ？」とセロは言葉少なに訊ねた。

「オーストラリア人でしょう」とヤンコは言った。「生き残ったひとりは見憶えがあります。ＡＳＩＯの捜索がはいるときに、アウトバックの基地に残したブロンドの女です」

一瞬、沈黙があった。「生きているのか？」

「ええ。ほかに男ふたりを捕虜にしました。あとは全員死亡」

「捕虜を連れてこい」とセロは言った。「尋問したい。やつらが単独で行動しているのか確かめなくては」

「同感です」とヤンコは言った。

彼は無線をベルトにもどし、抱きあげた女を肩に担(かつ)いだ。

女を貨物室に放りこみ、コクピットにもどってエンジンの出力を上げた。流線形の船体が地面から浮きあがると、ヤンコはホバークラフトを低速で前進させ、オースチンの横たわる場所からわずか二〇ヤードの地点で方向を転じた。

身体が埋もれていた深い雪だまりが赤外線の検知を阻み、白い迷彩服やあたりのおぼろげな日の光、やむことのない吹雪とが相まって、オースチンの姿は肉眼では目視不能だった。その結果、ヤンコも相棒の射撃手もオースチンに気づかないまま、薄暗い地平線の彼方(かなた)へ走り去った。

38

岩を砕き、終始稼働しているベルトコンベアに粗石を載せる一二時間交代の労働が終わると、パトリック・デヴリンは棍棒で殴られ、トラックに轢かれ、一日じゅう煙を吸わされたような心地だった。

共有とはいえ、熱いシャワーにありつけるのは驚きだった。全身粉塵まみれのせいで、足もとに落ちる湯は泥まじりで黒く濁った。アザラシと野鳥の肉のボリューム満点の食事にさらに驚いたが、それらの食材は島には豊富にあり、労働者が腹を空かせては生産ラインが滞るというものだ。

食事がすむと、岩を切り出してつくった部屋に連れていかれた。四段ベッドが二面の壁沿いに並んでいた。そのほとんどが空いている。

背後でドアに鍵がかけられたかと思うと、トランプに興じているマシンガと南米系の男に気づいた。

「どこを使えばいい?」とデヴリンは訊ねた。

「好きに選びなよ」とマシンガが言った。「がら空きだ」

デヴリンは荷物を寝台に置き、男たちのそばに腰をおろした。「どうしてここはこんなに暑いんだ？」

マシンガは札を一枚出した。「火山だからさ」と彼は言った。「湯の出どころはどこだと思う？」

「地熱か？」

男たちはそろってうなずいた。

デヴリンはあたりを見まわした。地表につづく換気孔はここにはなく、ドアの上部に風を通す細い格子がついているだけだった。

「ここの深さは？」

どちらの男も答えなかった。南米人が札を出した。マシンガは一瞬それを見て、手を伸ばした。デヴリンはマシンガの手をテーブルに押さえつけた。「ここの深さを訊いてるんだよ」

マシンガはテーブルを引っくりかえすとデヴリンの胸ぐらをつかみ、その身体を持ちあげてロッカーに叩きつけた。

「脱走を思いついたのは自分が最初だと思ってんのか？」とマシンガは叫んだ。「ここを運営してるやつらは馬鹿じゃねえ。下手すりゃ死刑になるってわかってんだよ。

脱走を考えるのも罪、脱走の相談したら拷問部屋行きだ。で、実際やってみたらどうなるか……ここの掟（おきて）は単純だ。抵抗するやつがひとり出たら、三人が死ぬんだ」

デヴリンはマシンガの手を振り払った。「じゃあ、じっと我慢して、死ぬまでこき使われるのか？」

マシンガはデヴリンを睨みつけた。「おれの親父は政治活動のせいで、南アフリカの刑務所で一二年間過ごした。外から救いの手が伸びるまで、それこそじっと我慢して生き延びたんだ。おれたちが生きて故郷を目にするには、そうするしかねえ。それをおまえのとばっちりで殺されてたまるか」

デヴリンはふたりのルームメイトをじっと見た。「それがおまえたちのやり方かもしれないが、おれはここから出るぞ、でなけりゃ死ぬまでさ」

つぎに口を開いたのは南米人だった。「密告するやつはどこにでもいる」と警告した。「人夫のなかにもね。マシンガかもしれない、おれかもしれない。だからさ、おれがあんたなら言葉に気をつけるよ。話す相手にも」

デヴリンは深く息を吸い、結論を出した。「おれはここに船で連れてこられた。その船にもどる手立てを見つけるつもりだ。おれを指すつもりならさっさとやって、早く楽にしてくれ」

ふたりはどんよりした目でデヴリンを見つめた。やがてマシンガがテーブルを元にもどした。「で、船を操縦する心得はあるのかい？」

デヴリンは椅子に腰かけ、囚人仲間に笑いかけた。「そりゃ一から十までな」

39

フラッシュ・ドローのショックから意識を回復したオースチンだったが、ザバーラが砂漠で経験したように見当識を失っていた。てっきり長い一日のあと、家のカウチで居眠りしてしまったのだと思った。だがいくら真冬でも、自宅のタウンハウスがこんなに寒かった記憶はないのだ。

身体を動かすと、顔の冷たさですこしだけ頭の靄が晴れてきた。目を開けると真っ白だった。それが雪だと気づいて顔を払い、まわりの雪を搔き出そうとした。

雪だまりからすっかり抜け出すと、立ちあがって斜面を見渡した。薄暗い雪原と灰色の空を遮るのは、黒い岩山の不規則な稜線だけだった。

自分がどこにいるのか、オースチンは不意に思いだした。どうしてここにいたのか。誰といたのかを。

あたりを見まわした。騒ぎは起きていない。というか、なんの動きもない。「ヘイリー!」と大声をあげた。「ヘイリー!」

何も聞こえない。風の音がするだけだった。

足を踏ん張り、身体の痛みも無視しながら、オースチンはスノーモービルが横倒しになっている場所まで行った。気絶しているとしてもヘイリーは近くにいるはずなのに、その姿は見当たらなかった。

壊れたスノーモービルと、自分が倒れていた場所とを考え合わせた。雪だまりと近くの岩稜を捜した。ヘイリーが埋もれていそうな雪の盛りあがった場所もなく、オースチンはスノーモービルにもどった。ハンドルにヘイリーの上着の切れ端が引っかかっていて、降雪で覆われかけた凹みが氷河のほうへつづいていた。あとから雪が降り積もって判別は難しいのだが、この凹みは新雪を踏みしめた足跡のようだった。

結論として、ヘイリーは捕えられたのだろう。となると、ほかの面々はどうなったのか。とくに親友のことが気になった。ザバーラにしろロシア人たちにしろ、近くにいても目につかないということなのか。

オースチンは高い場所に登り、周辺一帯を見渡した。夕闇が迫るなか、ほかのスノーモービルは影も形もなかった。散開したことを思えば別段驚きはないものの、難しい選択が残された。氷河に覆われた島を、救助を求めてまさか徒歩でさまようわけにもいかない。いまや時間との勝負だった。その一方で、自分が連れ去られなかったのは運に恵まれただけだろうと思いはじめていた。フラッシュ・ドローの威力とセロの部下たちの仮借ない行動から察するに、侵入者を見逃したまま退散することはないだろう。

最悪の事態を想定しなければならない。ジョーやヘイリーたちは拘束されている。

スノーモービルに引きかえし、ハンドルをつかんでマシンを轍にもどした。ダメージは表面的かと思いきや、スターターを弾いても反応がない。ライトも点かなかった。

「あのフラッシュ・ドローにはほとほと参るな」とオースチンはぼやいた。

スノーモービルの後部についた小さな収納ボックスを開け、役に立ちそうなものを探した。懐中電灯があったが、それも使いものにならなかった。

「やれやれ」

オースチンは空を見あげた。雪が降っているので実際よりも明るく見えるが、夜がひたひたと近づいてくる。何がなんでもセロの隠れ家に突入する意志に変わりはないが、島を包みこもうとしている暗闇のもとではまず不可能だ。

いま自分がどこにいるか、おおむね把握していた。崖を降り、雪原を横切れば、ウインストン氷河にぶちあたる。そこを左に曲がり、氷河に沿ってラグーンへ向かう。しばらく行けば、ロシアのドローンが撮影した熱源を探知した地域に行きあたるだろう。

経路を慎重に吟味しながら断崖の急斜面を下りはじめると、崖の底付近でホバークラフトが大破していた。

外側が派手に壊れた乗り物のところまで降りると、雪に埋もれかけていることに気づいた。まだ熱を発しているエンジンカバーだけが見えていた。

雪を払いのけると、ハッチが半ドアになっていた。そこをこじ開けて船内にはいった。

とりあえず、役に立ちそうなものを探すことにした。食料、地図、無線機、なんでもいいから手にはいるもの。懐中電灯を見つけ、スイッチを押してみた。ありがたいことに明かりが点いた。無線もあった。トグルスイッチを弾くと、パネルの照明が点灯したが、ヘッドセットを装着しても雑音のひとつも聞こえなかった。ヒューズでも飛んだのだろうか。どうでもいい。どのみち、これは短距離の装置だ。これで助けを呼べはしない。

さらに数分のあいだ物色し、ジッポのライターや、目印が必要になったら燃やして使える油まみれのぼろ布などを追加で持ち出すことにした。見つけた物品のなかで何より重要な道具は暗視ゴーグルだった。

これがなければ、迫りくる闇夜が最大の敵になっていたところだ。月も星も分厚い雲に隠れ、島には人工の光源がないとなると、暗さは洞窟のそれと同じだろう。漆黒の闇だ。

闇中(あんちゅう)をなんの助けも借りずに移動するのは至難の業だ。懐中電灯を点けたり、間に合わせの松明(たいまつ)を持ったりして歩けば、こっちを見てくれ、撃ってくれと頼んでいるようなものだ。しかし暗視ゴーグルをつければ、ソナーを使うコウモリばりに移動ができる。

オースチンは時計を確認した。現地時間で午後八時をまわったところだった。セロが公約した攻撃開始まであと九時間。歩行は三時間と見た。

「さあ、やるしかないぞ」

上着の着衣をなおし、ハッチを押し開けて吹雪のなかに出た。一帯で唯一のシェルターを後にして、オースチンはほとんど勝ち目のない戦いに向けて西をめざした。


オースチンがセロの基地に侵入する方法を探っているころ、ザバーラは外の世界をふたたび拝めるだろうかと考えていた。

地底の洞窟の牢獄は暖かさこそあるものの、居心地はよくない。中世の地下牢(ろう)に幽閉された囚人よろしく、ザバーラは黒い火山岩の壁に鎖でつながれていた。手は頭上高く左右に広げられ、足は枷(かせ)をはめられて床に固定されている。床の乾いた血と足枷が使い古された状態であることからすると、ここでおこなわれた拷問は、これが初めてではないのは確かだった。

ヘイリーとグレゴロヴィッチもそれぞれザバーラの両側で同じように拘束されていた。そこに、これも脅しの一環なのか、ロシア特殊部隊員の無惨な亡骸が一体また一体とこれ見よがしに床に積みあげられた。

見たところ、三人は銃で撃たれ、あとのふたりは衝突による負傷で死亡したようだった。

「こっちの知りたいことを話してもらおうか。さもないと、彼らと同じ末路をたどるぞ」

その問いかけは背筋を伸ばして立つひげ面の男から発せられた。いかにも決然とした表情を貼りつけた顔に鋭い目つき。ザバーラには知る由もなかったが、この男がセロの警備隊長、ヤンコだった。

ザバーラは死体に目を向け、顔を確認した。恐怖ではなく、いくばくかの希望が胸に湧いた。オースチンはいなかった。

「話す気はないってわけか？」とヤンコは訊ねた。彼は筋骨たくましい二人組の手下にうなずき、グレゴロヴィッチを指さした。「こいつからはじめろ」

大男ふたりはグレゴロヴィッチに近づき、ボディブローで態度を軟化させようとした。キドニーパンチと腹へのアッパーカットをつづけざまに放った。グレゴロヴィッチは唸り声をあげ、顔をしかめたが、ひと言も洩らさず顔も背けなかった。暴行の合間合間に身を起こし、拷問者たちを睨めつけた。

「どうやってこの島にたどり着いた？」ヤンコが凄んだ。

グレゴロヴィッチは睨みかえした。

「あんな顔をさせておくな」ヤンコは静かに言った。

悪漢たちは指の関節を鳴らし、狙いをロシア人の胴から頭部に移した。集中打を浴びたグレゴロヴィッチは、鼻の骨を折り、唇と口のなかを切った。右目は開かなくなるほど腫れあがっていた。

男たちは後ろに下がり、相手のダメージを確認した。鎖につながれたロシア人はぐったりして顔から血を垂らしていた。一見命を落としたか、気絶したようにも見えた。ところが数秒後、グレゴロヴィッチはゆっくりと、苦しげではあったが身体を起こした。

ザバーラは、そもそも自分たちを拉致したこのロシア人には愛情のかけらもなかったが、それでも感心せざるを得なかった。

一方のヤンコはいきり立った。「脚をへし折ってやれ！」と叫んだ。

よりがっしりした体格の手下がグレゴロヴィッチに突進し、胸が悪くなるような音をさせて太腿に膝を入れた。

「もう一度！」とヤンコはわめいた。

膝蹴りが二度、三度とつづいた。「おれの分も取っとけ！」

拷問者たちがザバーラを振りかえった。

「おまえの分もあるさ」とヤンコが言った。

グレゴロヴィッチは必死で身を起こそうとした。骨折はしていなかったとしても、彼の両脚は使いものにならなくなっていた。鎖につながれた状態で直立の姿勢を取り、腕だけの力で上体を起こそうとした。

「おい」とザバーラは言った。「どうした、疲れちまったのか？」

なぜグレゴロヴィッチへの手出しをやめさせようとしているのか、ザバーラは自分でもよくわからなかった。このロシア人が撲殺されるのを止めるのは、たぶん戦略的な布石でもあったし、純粋に感情が動いたのかもしれない。生まれてこのかた、ザバーラは弱者に肩入れしてきた。もっとも、ロシア人の殺し屋をそこに分類する日が来るとは思いもしなかったが。

ヤンコは面喰らったようだった。腕を束ね、ザバーラのほうをさりげなく指し示した。「こいつを痛めつけてやれ」

その直後に最初の一撃が来た。つづく数分のあいだ、ヤンコの手下の怪力たちはザバーラにくりかえし蹴りを入れ、パンチを見舞い、その合間にひとつ、ふたつ尋問が挟まれた。

ザバーラは一切口を割らず、打擲はつづいた。

不屈の男を気取るグレゴロヴィッチとはちがって、ザバーラはボクシングの技術を駆使した。筋肉に力をこめて雨あられと降り注ぐ殴打に耐え、身体を巧みに動かすことでダメージを和らげ、パンチの威力を削いでいった。それでも一五発めか一六発めを受けると、肋骨が何本か折れたのを自覚した。

やがて、ヤンコが剣闘士の試合を止めようというローマ皇帝さながらに片手を挙げた。「そこまでやることもない。いいから白状しろ、おまえたちは誰だ。どうやってここまで来た。仲間はいるのか」

ザバーラが黙っていると、顔面に拳が飛んだ。そのパンチは避けようとしたザバーラの顎を捉え、唇が切れた。

ザバーラは顔を上げた。「話してやるつもりだったのに、いまの一発で記憶が飛んだぞ」

ヤンコはザバーラに見切りをつけ、ヘイリーに注意を向けた。ヘイリーは壁際で縮こまり、手錠からなんとか手を引き抜こうとしていた。男ふたりが暴行されるのを見て、いまやすっかり怯えているはずだ。あとは話が早い。

「ずいぶんあきらめがいいんだな？」ザバーラは相手の注意を引きもどそうとして叫んだ。

筋骨隆々の拷問者が目を向けた。

「ようやく心が通いはじめたところだったのに」とザバーラは大声でつづけた。「やっと絆が芽ばえたっていうのに。まさか、仕事を片づけられない弱虫野郎だったとはな」

男は色をなしたが、これは策略だと見抜いたようだった。ヘイリーに視線をもどして脅しにかかろうとしたが、ザバーラから血の混じった唾を吐きかけられた。

逆上した男はザバーラに取ってかえし、腹に拳を突き入れた。ザバーラは身体をふたつに折り、鎖のおかげでどうにか持ちこたえた。

「どんなもんだ、その絆の味は？」ヤンコが厭味たっぷりに言った。

「ほとんど感じない」ザバーラは呻きながら姿勢を起こした。

ヤンコは手下にうなずき、続行を許可した。男は前に出て、左手でザバーラを壁に叩きつけると、つづけざまに右のクロスを放ってザバーラの顔を横に激しく振った。大きなみみず腫れが割れて血が流れだした。ザバーラの頭が一瞬垂れた。

ザバーラは顔を起こした。グロッギーを装った。「これ……これだけか？」

男は今度は腕を引き、ザバーラの目を狙って右手を振りおろした。ザバーラは驚くほどの俊敏さで顔を横に倒した。拷問者の拳はザバーラの背後の岩壁に当たり、骨が砕ける不快な音が響いた。

大男は悲鳴をあげて膝を落とし、手首を胸にかかえた。

ザバーラはどうにか笑みを浮かべた。グレゴロヴィッチは声を出して笑った。「さっさと話せ、さもないと女のためにならないぞ！」

「もういいだろう！」ヤンコは叫んだ。ヘイリーに近づき、髪をつかんだ。

ヤンコがそれ以上の行動に出る間もなく、鉄の扉が開いた。暗がりに三人の男が立っていた。この時点でザバーラの視界はややぼやけていたが、真ん中の男が覆面のようなものをかぶっていることははっきりとわかった。

三人は部屋に足を踏み入れた。

ヤンコが居住まいを正した。

「なるほど、われわれの敵というわけか」と覆面の男は言った。ヘイリーに目を向け、彼女が自分のほうを見るまで視線を動かさなかった。つぎにザバーラに目をやり、最後にグレゴロヴィッチを見た。

「やることをやったら、きみにもこういう覆面が必要になる」

グレゴロヴィッチはただ視線を返しただけだった。

「持ち物は？」

ヤンコは爆弾が仕掛けられた固いスーツケースを指さした。

「解除してあるのか？」

「時限装置でしたが、停止させました」とヤンコは言った。

覆面の男は護衛のほうを見た。「持っていけ」命じられた護衛ふたりは速やかにスーツケースを廊下に運び出した。

護衛たちが廊下に姿を消すと、覆面の指揮官はヘイリーに目をもどした。「支度をさせて、上に連れてこい」と言った。「彼女に見せるものがある」

「この女もこの件の関係者です」とヤンコは言った。「最初からASIOに協力していた。ここに何があるのか、この女は知ってます」

「ああ、そうだな」覆面の男は嗄(か)れた不吉な声で言った。「おまえの思う以上にいろいろ知っている」

彼は踵(きびす)をめぐらせて部屋を出ていった。ヤンコは茫然とその場に突っ立っていた。気を取りなおして行動を再開し、指示されたとおり、ヘイリーの手錠をはずし、足枷を解いた。そしてヘイリーを連れて出た。ふたりの拷問者も後につづいた。うちひとりが病室に向かったのは間違いない。

鉄の扉が閉まって施錠されると、ザバーラとグレゴロヴィッチは死んだ特殊部隊員らと部屋に残された。

ザバーラはグレゴロヴィッチに目を流した。「どういたしまして」

グレゴロヴィッチはザバーラに向きなおった。顔は痣だらけで血にまみれていた。

「助けは不要だった」

「本当に？」

「でも、礼は言っておく」

グレゴロヴィッチから引き出せる言葉はせいぜいそこまでだろう。「ロシア人にしてはたいした殴られっぷりだ」

「ああ」とグレゴロヴィッチは言った。「きみも自堕落なアメリカ人にしては、痛みの堪え方がなかなかどうしてみごとなもんだった。ウィスキーに頼らなくても気をしっかり持っていた」

ザバーラはその皮肉な賛辞を受け入れた。「飲むかな、あんたがボトルを持ちこんでるなら」

ふたりの男は顔を見合わせた。そしてグレゴロヴィッチが笑いだした。ザバーラもつられて笑った。死ぬほど身体が痛んだが、それだけの価値はあった。

「あそこで何があった？」とグレゴロヴィッチが訊いた。「てっきりきみは撃たれたと思ったが」

「むこうの僚機が背後から近づいてくるとは思いもしなかった。そういうあんたは?」

「連中に追突され、スノーモービルから突き落とされた」

「どうしてあんなに近づいたんだ?」「きみを探そうと引きかえしたんだろうな。明らかに戦略ミスだった」

つまり、グレゴロヴィッチはスタンガンで撃たれたのではなく、ザバーラを助けようとしてやられたのだ。

「ミスは誰にでもある」とザバーラは言って、床に倒れた遺体を見た。「あの遺体の山について何か気づいたことは?」

グレゴロヴィッチはうなずいた。「ひとり足りない」と言った。「盤上はすっかり片づいたわけではない」

「カートはあきらめない」とザバーラは言い切った。「生きてれば、おれたちをみすみす見殺しにはしない。救助を呼ぶなり、おれたちをここから出す方法を何かしら見つける」

グレゴロヴィッチは首を振ったが、それは同意しなかったからではなく、この状況に信じられない思いでいたからである。「残った駒はひとつ」彼は落胆したようにつぶやいた。「全部のポーンを救おうとするナイトが一騎。まさか自分がそのポーンになるとは」

ザバーラは腫れた口もとをゆるめた。「こっち側へようこそ」

40

ヘイリーはセロの地下施設の薄暗い通路を歩いていた。ヤンコという男からの言いつけで身体の汚れを落とす機会があたえられ、支給された衣服に着換えたあと、隠れ家の奥へと連れていかれるところだった。

足の運びは鈍かった。不安が胸いっぱいに広がり、いっそザバーラとグレゴロヴィッチのいる地下牢のような拷問部屋にもどりたいという思いもなくはなかった。ひとりにされて、なおさら過酷な運命が待ち受けている気がしていた。

「しっかりして」と低声(こごえ)で自分に言い聞かせた。「何があっても、恐れずに立ち向かうのよ」

ヤンコの誘導でたどり着いた場所は入口の開放された部屋で、八台の発電器で埋め尽くされていた。ずんぐりした円筒型の装置は業務用の洗濯機ほどの大きさだった。二列に並べられており、ヘイリーはその間を歩いて奥のドアへ向かった。

ヤンコがドア脇のインターコムのボタンを押した。「女を連れてきました」とマイクに向かって言った。

「通せ」ざらついた声が答えた。

ヤンコが錠に暗証番号を打ちこむと、かちりと電子音が鳴った。ドアを開いたヤンコはヘイリーを室内に促した。ヘイリーは覚悟を決めて敷居をまたいだ。

この部屋は洞窟のほかの場所とは様子がちがった。壁は光沢のある白い樹脂で仕上げられ、コンピュータやコントロールパネル、モニターがあちこちに置かれている。埋めこみ式の照明が部屋を暖かく見せていた。

「中央制御室へようこそ」と覆面の男がヘイリーに言った。傷めた声帯のせいで声はゆがんでいるが、誰が話しているのかはわかる。

「マックス？　あなたでしょう？」

覆面の男はふとヘイリーを見つめ、それからヤンコに視線をやった。「席をはずしてくれ」

「彼女は危険かもしれません」とヤンコが言った。

「私には大丈夫だ」とセロは言った。

ヤンコは大きく息を吐いて退出した。

ドアが閉まると、セロはヘイリーに歩み寄った。片手を差し出した。ヘイリーはその手に残る火傷の痕に目を留めた。

「久しぶりだな」とセロは言った。「寂しいものだったよ、私たちは」

恐怖をおぼえながらも、ヘイリーの気は急いた。「私たちって？」と彼女は言った。「ジョージは生きているの？　ここでいっしょに？」

セロはうなずいた。

「彼は元気？」とヘイリーは訊いた。ジョージの助けを借りて、この常軌を逸した行動を止められるかもしれないとの希望が湧いた。だがジョージも、セロと同じくひどい火傷を負ったのかもしれないのだ。

「そろそろ合流する」とセロは言った。「きみがここにいることは、あれも知っている。知っているどころか、きみと内々に話したらどうかと言い出したのはあいつだ。きみなら理解してくれるのではないかと」

ヘイリーは心からの笑みを浮かべた。ジョージが唯一の希望だった。「ありがたい話だわ。テッサはどうしているの？」

「もういない」とセロは言った。「彼らに殺された」

ヘイリーは目を伏せた。ジョージとテッサとは兄妹といってもいいような仲だった。望みは薄いと思いながらも、ふたりには生きていてほしいと願ってきた。でもジョージは生きていた。もしかしたらチャンスはあるかもしれない。土壇場で理性が勝つかもしれない。

「テッサのことは胸が痛むわ」ヘイリーは言った。「でも、あなたとジョージが生きていてくれてよかった。あの爆発をどうやって切り抜けたの?」

「新しい理論に取り組みはじめていた」とセロは言った。「ドーム型ではなく、球体の投射器を使用することで、波動はより安定するのではないかと考えてね。ちょうど掘削を開始したところで銃撃がはじまった。ジョージと私は避難して部屋に閉じこもり、ほかの者たちは射殺された」

ヘイリーは目を瞠(みは)った。

「ほかにどうしようもなかったんだ」とセロは言い張った。

「そう」ヘイリーは静かに言った。「わかるわ」

セロは一瞬彼女に目を向けると、先をつづけた。「銃撃が終わったあと、なにも聞こえてこなかったので、ドアを開けた。その直後に爆発が起きた。私はひどい火傷を負ったが、ジョージはほぼ無傷だった。ジョージに手当てをしてもらって病院にも行った。内密にしてもらうために口止め料も払った。命からがら逃げだしたのに、やつらに見つかっては元も子もない。ぐずぐずしてはいられなかった。安全な場所を見つけなければならなかった」

「それでここに来たの?」

「最初はちがったが、結局ここにたどり着いた。誰にも見つからない場所が必要だった。いろいろ利点のある場所だ。ここには地熱がある。食料はアザラシや野鳥の肉でまかない、漁場もある。それにダイアモンドが発見されて、私の地理研究は有益であると証明された。キンバーライトが豊富に掘削され、トカダからの資金が底をついたあとの活動費を捻出している」

「なぜお金を持って逃げないの？　自分の人生を生きればいいのに。あなたは大きな犠牲を払ったわ」

「どんな人生を⁉」とセロは叫んだ。「われわれはどこへ行こうが追いかけられる。干渉されずに研究したいからというだけでなく、嫉妬や憎悪を向けられてここに追いやられた。ほら、世間は私の光に照らされるのを渋っていた。だから、今度はこっちが彼らの目を眩ませて、火傷を負わせてやる」

ヘイリーは自分の危うい立場とセロの狂気を考慮に入れた。セロの自尊心をくすぐるほうがいい。

「世間には嫉妬深い愚か者が山ほどいるわ。でも、多くの人命が犠牲になるだけの戦争をはじめるより、彼らが間違っていることを証明して、お金持ちになるほうがすてきじゃない？」

「自分の顔をさらすことのできない男にとって、あるいは息を吸うこともままならない男にとって、富がなんの役に立つんだ？」とセロは言った。「私の肺はそれなりの湿気がなければ焼けるように痛む。皮膚は日光を浴びるとむず痒くなる。私はもはや社会の一員ではない。このタルタロスで生きいく運命にある。闇のなかで一生を終える運命にだ。ならば、日の当たる場所がなんになる？　私にはもう復讐しか残されていない」

「オーストラリアへの復讐？」

「復讐の相手は全部だ」セロは怒鳴った。「われわれと対立した全世界だ。われわれに盾突いた者全員が相手だ！」

ヘイリーはたじろいだ。セロの怒りをさらに駆り立てただけだった。

「きみには私を怖れる理由はない」とセロは断じた。

「理由ならたくさんあるわ」とヘイリーは答えた。「あなたは人殺しになった。わたしの知っているあなたはそんな人じゃなかったもの。昔のあなたは平和を求めていたじゃない」

「そのあげくがこのざまだ！」セロは覆面をはずし、皮膚が焼けただれ、無残にも火傷の痕が残る顔をさらした。鼻は削げ落ち、右瞼の皮膚はよじれ、目が飛び出しそうなほどグロテスクな容貌だった。

セロは怒りをぶつけるようにヘイリーに近づいた。後ずさりしたヘイリーはつまずいて転んだ。セロの視線が右に動き、ふたたびヘイリーを見据えた。

「なぜいけない？」とセロはひとりごちた。「彼女は裏切り者だ。ほかの者たちと同じく、われわれを裏切った」

ヘイリーはセロを見あげ、片手で身をかばおうとした。あたりに視線を走らせたが、室内に人の姿はない。

依然としてヘイリーに襲いかかるような身構えのまま、セロは肩越しに振りかえった。そしてゆっくりと手を下ろし、もう一度ヘイリーに視線を向けた。「きみは彼らに利用されている」

「彼らって？」

「みんなだ」とセロは答えた。「ＡＳＩＯにアメリカ人たちにロシア人たち。あの連中は結託して、われわれをつぶそうとしている」

セロの被害妄想的な思考は、昔から壮大な話へと暴走した。なぜかその過激な行動が、いまや世界の大半を反セロで団結させていた。

「無理やり連れてこられたの」ヘイリーは機転を利かせてセロの話に合わせた。「協力しなければ投獄されたわ。わたしがあなたと手を組んでいるからって」

セロが見つめてきた。瘢痕（はんこん）のある顔には感情の一片も表われていない。どこかでセロに同情を感じた。同情と不安と困惑を。

セロはまた脇に目をやり、遠くを見つめた。その姿にヘイリーは戦慄（せんりつ）した。

あたかも質問に答えるかのごとく、セロは首を振った。「いや」とつぶやいた。「賛成できない。慎重にならないと。彼女が信頼できると思う根拠は？」

ヘイリーはあらためてセロの視線の先をたどった。そこには誰もいない。遠くの暗がりにも人気はない。眩暈がするようだった。ヘイリーは賭けに出た。

「ジョージ？」と彼女はささやいた。「ジョージ、誓って言うわ。わたしはあなたを助けにきたの」

セロがヘイリーに視線をもどした。

「あなたたちふたりを捜していたの」セロの目を見あげながら、ヘイリーは引きつる顔できっぱりと言った。「爆発のあと、わたしは日本へ行った。あなたたちを捜しに、飛行機に乗るのは怖かったけど。わたしの旅行嫌いは知ってるでしょう。わたしは現地であなたとお父さまとテッサの告別式に参列した。これは知っておいて。それでいま、あなたたちを捜しにここまで来たのよ」

セロはわずかに背筋を伸ばし、また元の姿勢にもどった。「話したんだよ、きみはどんなときも忠実だったたって」妙な声音でそう言った。

セロは手を差し出した。今度は左手だった。皮膚はなめらかで無傷。ジョージは左利きだった。セロは右利き。ヘイリーは手を伸ばし、なめらかな掌をつかんだ。

「いっしょに来て」とセロが言った。「見せてあげるよ、父さんとぼくがつくったものを」

〝父さんとぼく〟

ようやく理解できた。まさかと思う気持ちもあったが、これ以上見て見ぬふりはできない。ジョージは死んだ。ヘイリーはそれを確信した。ジョージはテッサと日本で死亡した。セロひとりが生き延びた。その苦悩と罪悪感がすでに脆（もろ）い状態だった心を打ち砕き、セロの人格をふたつに分裂させた。破壊をうたう脅しと、救いへのかすかな願いが同居した。生前、ジョージ・セロは父親の良心と呼ばれていた。いま、彼は死してそのものになった。

事実を悟ったヘイリーはあてどない悲しみに襲われた。だが行動しなければならないと、頭の片隅で理解もしていた。セロの現実逃避を利用して国を救えるなら、たとえ後味の悪いことになろうとも、やってみるしかない。

ヘイリーはセロの瘢痕のある顔に手をふれ、旧友を見つめるようなまなざしを向けた。

「会えてうれしいわ、ジョージ」と彼女は言った。「再会できて、ほんとうにうれしいの」

ヘイリーの目に浮かんだ涙は本物だった。それはセロの一方にある人格の琴線（きんせん）にもふれたようだった。「ぼくもだよ」穏やかな声だった。「父さんとぼくはずっときみに会いたかったんだ」

41

猛吹雪と極寒の闇のなかを数時間歩き、オースチンは地質学で側堆石(そくたいせき)と呼ばれる、氷河に沿って堆積した岩屑(がんせつ)の尾根にたどり着いた。そのむこうにはウィンストン氷河を形成する堂々たる氷壁が見て取れる。

最初の目標に到達して南に折れ、斜面を下ってラグーンと、ロシアのドローンで撮影された熱源のある一連の場所を目指した。

移動中、暗視ゴーグルのバッテリー不足の警告を受けた。

寒さで電池は消耗すると知っていたので、地形を確認するときに点け、歩いているときには消すという具合に節約しながら使用していた。いまは岩がちな斜面を強引に下っており、ゴーグルの暗視機能をほぼ使いづめだった。とうとう電池が切れてしまうと、オースチンは完全なる闇に取り残された。

ゴーグルをはずし、パーカのフードを目深(まぶか)にかぶって目だけを出して、慎重な足取りで前に進んだ。見えない岩畳(いわだたみ)につまずき、向こう脛(ずね)を打って小声で悪態をついた。

起伏の激しい地形をどうにか進んでいったが、やがて暗がりで足を大きく踏みはずした。

オースチンは転倒して急斜面を滑落すると、小さな雪崩(なだれ)を引き起こし、そこに巻きこまれたのち、ようやく平地に吐き出された。

すこし身体を休めたが、ぐずぐずするのは禁物と心得ていた。寒さと疲労で睡魔に襲われ、二度と目覚めない眠りに引きずりこまれてしまう。踏ん切りをつけて重い腰を上げた。

深く息を吸いながら、何かに気づいた。景色でも音でもない。妙な匂(にお)いだ。それが何かは特定できないが、調理をしているような匂いだった。粗悪な脂っこい料理に煙の臭気が入り混じっている。いい香りとまではいえないが、とにかく想像の産物ではなかった。

疲れのことなどたちまち忘れて、偵察写真と氷河の先端付近の熱源のことを考えた。

「地下に住むやつらだって何か食べないとな」とつぶやいた。

出どころを探ろうと嗅(か)ぎまわったが、オースチンとて猟犬ではない。匂いは上にのぼってきているという一般的な感覚をつかむのが関の山だった。ゆっくり歩を進めていくと、樹木のような雪と氷の柱に気づいた。

ポケットから懐中電灯を取り出し、手で覆ってからスイッチを入れ、手袋の下からごく細い光しか洩れないよう調整した。

柱は約一〇フィートの高さがあった。数ヤード離れたて二本めの柱が立っていたが、こちらは四フィートほどの高さだった。そして、そこから三〇フィートないし四〇フィートむこうに三本め、四本め、五本めの柱が見えた。

オースチンは懐中電灯を消し、背の低い柱に近づいた。上部が開いていて、ほぼ円形をしていた。風が吹くと空ろな音がした。栓を抜いたワインボトルの口に息を吹きかけたような音だった。

身を乗り出し、氷で覆われた管の口のなかを覗きこんだ。管は町中のマンホールほどの大きさだった。見おろしても暗いだけでなにも見えず、料理の匂いも油の匂いもしなかった。それでも暖気が立ちのぼってきて、顔にあたるのがわかった。何時間も寒さにさらされていただけに、ほとんど現実離れしたような感覚だった。湿り気も帯びていた。

柱の縁に手をあてて、氷のかけらをちぎり取った。ごく普通の氷で、さして厚みもない。それに煤で黒ずんでいた。オースチンは自分が目にしているものの正体を把握しはじめていた。

数年まえ、アイスランドに滞在した折り、活火山の斜面の地熱の通り道付近で似たような構造物を見たことがあった。内部の熱風が地表に出ると、冷たい外気にふれたとたん冷却されて凍り、湿気をもたらす。サンゴ礁を形成するサンゴのように、あるいは海底のブラックスモーカーのように、冷たい水蒸気が徐々に煙突状の管を生み出していく。板状の薄い氷にすぎないため、強い風が吹けば倒れてしまう。しかし火山活動がつづくかぎり、管は再生される。

オースチンは危険を承知でもう一度懐中電灯をすばやく点灯させ、管の口から内部を照らした。

なにも見えない。熱は感じるが、火山なら予想される硫黄の匂いはしない。

ジッポのライターと油布を一枚取り出した。ライターを布にかざして火を点け、その三分の一が燃えるまで風から守った。そしてそのまま管のなかに落とした。まるで闇に流れる小さな隕石のように、布は管内部のなめらかな側面を照らしながら落下し、突然何かにぶつかって止まった。

燃える油布が放つ光で、格子蓋の形が見て取れた。煙突は火山現象で形成されたわけではなく、熱や煙など有害なものを下から排出するために設けられた人工物だった。セロの隠れ家につながっているはずだ。そうにちがいない。

オースチンはすばやくロープの設置にかかった。側堆石に氷と粗石が混じった場所を探り、三カ所に留め金を打ちこんでロープを固定した。ハーネスの持ち合わせはなく、即席で用意する時間もなかったが、べつにかまわない。手で調節しながら懸垂下降をしていけばいい。ロープを垂らし、縁を慎重にまたいだ。管のなかは窮屈だった。ブーツの下はほとんど見えない。地下二〇フィートで煙突に氷はなくなり、その結果、いくらか幅が広くなった。オースチンは降下をつづけた。格子蓋に足が着くまで、およそ一〇〇フィートは降りただろうか。

煙突の一端に背を押しつけ、金属の格子蓋に目を向けた。その一〇フィート下に、埃(ほこり)だらけの床が見える。物音はしない。

軽く跳びはねて格子の強度を確かめてみた。三回めのジャンプで、しなる感触が足に伝わってきた。

「はいってみるか」とオースチンはひとりつぶやいた。

ロープを格子に通して引き結んだ。そして大きくジャンプすると、格子蓋は下に突き抜けた。

岩の破片が床に落ちる音はせいぜいささやき程度で、オースチンも重い格子蓋も、ロープで宙吊(ちゅうづ)りにされたままだった。

オースチンはその両方を静かに下ろしていき、音もなく着地した。

内部にはいった。

具体的に、どこに侵入したかとなると、それはまた別の問題だった。

42

ポール・トラウトは〈ジェミニ〉の船橋に立っていた。船は大波に揉まれながら〈ラーマ〉を追っていた。オリオン座をかたどるパターンで航行してからは北東に移動中だった商船を止めるべく、〈ジェミニ〉はこの八時間、とにかく先を急いできた。そしてついに至近距離まで迫ったのだ。

「わたしたちだけでやれると思う？」横にいたガメーが問いかけた。

「頑張ればできないことはないよ」とポールは言った。応援があるにしくはないが、ここは航路を大きくはずれている。一〇〇〇マイル先まで軍艦も、沿岸警備隊の船艇もいない。

「悪天候じゃなければ、空からの支援は得られたのに」とガメーは言った。「軍のジェット機が編隊を組んで威嚇するか、オーストラリアの対潜哨戒機が船上をしつこく旋回してくれれば、それでなんとかなったかもしれない」

ポールもまったく同意見だったが、強風をともなう前線が海域に到達していた。海上は白波が立ち、〈ジェミニ〉の甲板には冷たい雨が叩きつけていた。航空機が低空の示威行動をおこなうような気象条件ではない。なかんずく、最寄りの陸地から一五〇〇マイルも離れた海上なのである。

要は〈ラーマ〉を停船させ、〈オリオン〉乗組員の有無を確認する任務の帰趨はひとえに丸腰の〈ジェミニ〉にかかっていた。

「距離は？」とポールは訊いた。

レーダースコープは〈ラーマ〉を捉えていたが、視程四分の一マイルで、闇のなかの目標は視認できずにいた。

「一〇〇〇ヤード」レーダー担当の航海士が言った。

「それだけ？」ポールが訊きかえした。「無灯火で航行してるのか」

「この濃霧では、発見するまえに衝突する危険もある」と船長が付けくわえた。

「いいえ、そんなことはない」ガメーが双眼鏡を覗いて言った。「発見したわ。左舷前方」

ポールはガメーの指示した方角に、暗闇を進む船影を認めた。

「照らせ」と船長が命令した。

副長が一連のスイッチを弾いた。強力な投光器三台が点灯して、闇と雨を貫く光線が木材運搬船に収斂した。〈ジェミニ〉にくらべて三倍の大きさを持つ〈ラーマ〉は、うねりのなかでさほど目立った揺れはないものの、進むのに苦労している様子だった。

「ショーの始まりか」ポールは双眼鏡を船長に手渡した。

「横付けする」と船長は言った。「特殊部隊員になりきる準備をしてくれ」

「気をつけて、言うまでもないけど」とガメーが言った。

「ああ」ポールはにやりとして答えた。「わかってる」

そう言い置いて、船橋を後にしたポールは階段を駆け降りた。数分後には一〇名ほどの有志とともに前方のハッチの前に立っていた。全員が黒ずくめの出立ちで、腕には青地に南十字星、隅にユニオンジャックというオーストラリアの国旗を模した急ごしらえの記章を着けている。

「武器を取れ、諸君」とポールは言った。〈ジェミニ〉の武器庫にはライフルが六挺、ピストルが二挺あった。あぶれた者は黒く塗った木製のM16ライフルの模造品を手にした。有志の乗組員たちは笑いながら銃を向けあった。

「降伏しなかったらどうする?」とひとりが疑問を口にした。

「海に飛び込むか、レジー・ジャクソンを気取ってこいつを振り抜く」と別の乗組員が答えた。

ポールは、そのどちらにもならないことを祈った。

ハッチの扉を数インチ開き、雨と霧の先を見通した。〈ラーマ〉はすぐ目の前でスポットライトを浴びていた。〈ジェミニ〉の吠えるような警報が、まるで沿岸警備隊のサイレンのように鳴り響いている。

この状態で数分間、〈ラーマ〉を追いつめたが効果はなかった。やがてインターコムが鳴った。

「無線の呼び出しに応答がないの」ガメーの声がそう伝えた。

「そうか」とポールは言った。「ぼくはいまからロケットランチャーの位置につく。船長に船を近づけるように言ってくれ。ぐっと近くまで。それと、きみは拡声器で演説をぶつ準備を」

「了解」とガメーは言った。「幸運を」

ポールは一等航海士を見た。「乗りこむぞ。デッキで配置についてくれ」

「そうする」

ポールはまた別の扉からハッチを抜け、縦揺れする甲板に出た。前甲板を、軍艦の砲塔そのものに見える四角い構造物まで行った。その両側には、多連装ロケット発射管が配されていた。

数時間まえまで、そこにはROVを潜らせたり引き揚げたりする際に使用する、油圧式クレーンが鎮座していた。そのブームが解体され、クレーンの回転盤ともいうべき台座には、砲塔に見せかけて板金が溶接された。船内からはずしてきて程よい長さに切った、金属のダクト管が両側面に据えられた。軍艦色に塗装され、偽装のパラボラアンテナまで立てた〝砲塔〟は、殺傷兵器システムの印象をそれなりに醸している。

ポールは身を縮めて金属の隙間にはいりこんだ。〈ジェミニ〉のクレーン運転士が操縦席にいた。

ポールは無線に話しかけた。「前甲板を照らせ。むこうに敵の姿を見せつけてやれ」

やがて追加の照明が砲塔を照らし出すと、拡声器を通したガメーの声が大音量で響いた。

「こちらはオーストラリア海軍マチルダ・ワラビー中佐」とガメーは呼びかけた。偽のアクセントがなかなか堂に入っている。「オーストラリア領海内における貴船の密漁行為を確認した。減速のうえ臨検に応じない場合、貴船を航行不能にする」

ポールは板金に開けた照準用の穴から様子をうかがった。〈ラーマ〉からの反応はなかったが、船橋区域で照明に変化があった。

「こっちを見ているといいんだが」

すでに〈ジェミニ〉は、コンテナ船の船尾付近に見えるごつい上部構造物のほうに船体を寄せていた。船長がゆっくり接近させていたのである。二隻の舷側は五〇フィートも離れていない。海の大きなうねりに乗って、〈ジェミニ〉は大型船に接触しそうなほど近づいた。

「動きは？」ポールは無線に向かって訊ねた。

「まだない」とガメーが答えた。

「もう一度警告を。それと曳光弾を撃つように航海士に言ってくれ」

ガメーの声がふたたび拡声器から響いた。「商船〈ラーマ〉、これが最後の警告。減速のうえ臨検に応じなければ攻撃を開始する」

「こっちの武器を見せてやろう」とポールは言った。

クレーン運転士が基部の電源を入れ、小型のジョイスティックを横に倒した。砲塔とそこに備えつけたミサイル管が、クレーンの回転台の上で動きはじめた。反時計回りに旋回したミサイル管は〈ラーマ〉の船橋に向けられた。

ポールは補助の作動装置を使い、〈ラーマ〉の乗組員にはっきり見せつけるように、ミサイル管を上下に大げさに振った。その効果を見込んだところで元の位置にもどし、〈ラーマ〉の船橋をおおよその照準に入れた。

「見えたはずだ」と彼は言った。

クレーンの運転士はただ肩をすくめた。

そのころ、一等航海士率いる特殊部隊員たちはライフルを掲げて甲板に展開していた。

「どうする、ポール？」無線から雑音まじりの声が届いた。

「先に撃ってくれ」

風に乗って、銃声の鋭い破裂音がつづけざまに聞こえた。まばゆい曳光弾が数発、〈ラーマ〉の船橋をかすめて夜闇に消えた。ポールは双眼鏡で、〈ラーマ〉の船橋から窓外を見つめる人の姿を確認した。彼らが不安に駆られているといいのだが。

「こっちの番だ」ポールは双眼鏡を下ろして言った。

即席のロケット二本は、弾薬と照明弾一箱分の発射火薬を使い、機械部門の人員が技を凝らした作品である。敵に損害はあたえられないが、はったりは利くかもしれない。

ポールはロケット一本を発射管に装塡し、尾部(ブリーチ)を閉じた。

「右へ五度旋回」下手に命中させると模造品であることがばれてしまう。ミサイルは〈ラーマ〉の正面に向け、乗組員を震えあがらせるほど近くへ、そして疑われないように遠くまで飛ばさなくてはならない。

砲塔が停止した。

「待て」〈ジェミニ〉が波間に沈み、また浮きあがってきた。「待て……」ポールはさながら第一次世界大戦の砲術士官のように、照準用の切れ目から目を凝らして両船の浮き沈みの間隔を測った。

「待て……」とポールはもう一度言った。

〈ジェミニ〉が波の頂点に達して止まった。「いまだ!」

クレーン運転士がスイッチを押すと、即席ロケットに点火した。ロケットは砲塔の内側に火花の雨を降らせ、煙を残して飛び去った。炎の尾を引いて両船の間を横切り、〈ラーマ〉の船橋正面からわずか二〇フィートのあたりを通過していった。

「おみごと!」ポールは煙にむせながら叫んだ。「完璧だった」

そこへ拡声器から、ガメーの声が三度響いた。「つぎのミサイルは貴船の船橋に命中する。減速しなさい、さもないと武力で停船させる」

〈ジェミニ〉が現われて以来、商船〈ラーマ〉の船内では、ロシア特殊部隊の上級隊員がベトナム人船長と口論をつづけていた。この隊員は、たとえグレゴロヴィッチが起爆に成功しようとも、一切の面倒や影響を避けてハード島沖を離れろと命じた人物である。オーストラリアのフリゲート艦との遭遇など望むわけがなかった。

「降伏はしないぞ!」と隊員は言った。

「抵抗しても勝ち目はない」と船長が言った。

曳光弾が流れて闇に輝いた。それで不安に駆られても決意は変わらなかった。すると〝ミサイル〟が発射された。

「来るぞ!」

特殊部隊員と船橋の乗組員が床に伏せたと同時に、目前でミサイルが世界を照らし、風防の前を突っ切った。

「近すぎる」と船長が言った。

「ふつう、密漁船にミサイルなんか射たないぞ」と別の隊員が主張した。「われわれがここで何をしたか知ってるんだ。停まらないと皆殺しにされる」

「抵抗しても勝ち目はない」とベトナム人船長がくりかえした。「でも、むこうが乗ってきたら交渉すればいい。外交特権だって。そう言ってやればいい。それも命あっての物種だ」

この船長が国際海事法を理解しているかは疑わしいが、たぶん闘うより降伏したほうが扱いもましで、生き延びる可能性も広がるだろう。

「言われたとおりにしろ」上級隊員は渋々ながら同意した。

〈ジェミニ〉の船橋で、ガメーは気を揉んでいた。ブラフが利かなかったら、嵐のなかで危険な乗船作戦に懸けなくてはならない。

もう一度拡声器で脅そうとしたとき、海上無線の雑音が鳴った。

「こちらは商船〈ラーマ〉」と訛りのある英語の声がした。「七ノットに減速し、乗船を許可する」

船橋で歓声があがり、ガメーはそのメッセージを他所にも伝えた。

「よくやった、ワラビー中佐」と船長が言った。

ガメーは頰笑(ほほえ)んだ。これで乗船行為は無謀ではなく、冒険といった程度になる。

43

「これは鉱山だ」オースチンはつぶやいた。

すでに発見した採掘場には砂礫を載せたベルトコンベアがあったし、電線と思われるパイプが壁に沿って何本も走っていた。つるはしやドリル、手押し車も見つけた。ハード島にいったい何の鉱脈が隠れているのかわからない。それはさしあたり問題ではない。頭にあるのは、ジョーとヘイリーが生きているなら見つけること、そしてセロをなんとしても阻止することだった。

オースチンは重いパーカを脱ぎ、それを納めたバックパックをふたたび背負った。ベルトコンベアに手を添えると、不意に現われる危険な岩塊が避けられるように頭を下げ、暗いトンネルを進んでいった。

大規模な採掘場を何カ所か経て、さらに広い場所に出た。ここは二個の裸電球でぼんやり照らされていた。

ベルトコンベアの終点付近に、砂礫を砕いて選別する大型の機器類が設置されていた。この機材は以前にも見たことがある。地下のダイアモンド鉱だ。ここに来て、セロの作戦の財政的な裏付けがよりはっきりしてきた。

奥に扉があるのを認めて、オースチンはその広場を横切った。把手をつかもうとしたそのとき、扉が動いてわずかに開いた。後ろに退き、銃を構えたオースチンの前に三人の男が現われた。

「動くな！」オースチンは低い声で制した。

男たちはその場で凍りつき、しばらく膠着したままの状態がつづいた。オースチンとしては三人を撃つこともできたが、サイレンサーを介さない銃声は洞窟内に響きわたり、残るセロの配下が駆けつけてくるだろう。

オースチンは銃を見つめる三人組を観察した。三人のうちふたりは茫然とした様子で、もうひとりも驚いてはいたが落ち着いていた。彼らは銃ではなく、粗い金属製の棍棒を手にしていた。

「武器を捨てろ」オースチンはそう言ってから付け足した。「静かに」

男たちは命令に従った。

オースチンは砕石機の一台に顎をしゃくった。「あっちだ」

三人組は足を引きずるようにして機械のほうへ移動した。オースチンは相手の予想外の行動にそなえて距離を取った。

「三人のうちふたりはこの機械に縛りつけられる。そうやって夜をすごしたくないやつが、おれをセロのところまで連れていく」

「セロのところまで？」と、ひとりが訊きかえしてきた。南アフリカの訛りがあった。

「セロって誰だ？」別のひとりがアイルランドの抑揚で口にした。

「おまえたちをここに連れてきた男さ」と南アフリカ人が答えた。

「静かに」オースチンは言った。「誰が道案内をしてくれる？」

その質問に困惑したように、三人はおたがいを見交わした。

「あんたを連れていく理由は？」三人めが言った。

「アポイントを取ってるから、すっぽかしたくないんだ」

戸惑いの表情がもどってきた。どうやらユーモアは得意技ではないらしい。

「つまり、おれたちの誰があんたと一緒に行って、最初に死にたいかってことだな」と南アフリカ人が言った。

オースチンはその男に目を向けた。発言の意味がまるでわからない。「いったい何の話だ？」

「そっちこそ、いったい何の話だ？」南アフリカ人はおうむ返しに言った。

『トワイライト・ゾーン』の劇中に放りこまれたような気分だった。オースチンはあらためて男たちを見やった。着ているのは汚れた襤褸。粗野な武器。不意に思い当たった。

「あんたたち三人は鉱夫で、逃亡しようとしている。誰が思いついた?」

ふたりがアイルランド人を指さした。

「裏切り者（ラッツ）だ」アイルランド人が答えた。「おまえらは」

オースチンの顔が笑みでくずれた。「というか、三匹の迷える鼠（マウス）だな。そこで質問だが、あんたたちはいったいどこへ向かって逃げようとしている?」

その後の数分間、オースチンは鉱夫たちから情報を引き出し、彼らの名前と作業の一端を知ることになった。南アフリカ人のマシンガは当初からこの場所にいた。

「八カ月まえ、おれは看守の鍵を盗んだ」とマシンガは話した。「でも、看守はそれを報告しなかった。なくしたとなったらセロに殺されるからな」

「すぐに鍵を使わずに、ずいぶん我慢したんだな」とオースチンは指摘した。

アイルランド人のデヴリンが口を開いた。「我慢はやつの家系に染みついてるらしい」

マシンガは笑った。「おれは、逃げるほうが寒さで死んじまうよりましだって日が来ると思ってた。このデヴリンが船で来たらしくてね。船までもどる方法を知ってるって言うのさ」

「こんなことは言いたくないが」オースチンは言った。「あんたたちは道を間違えてる。こっちへ行っても掘削用のトンネルしかない」

ふたりの囚人が刺すような視線をデヴリンに投げた。

「おれの言うことを聞くからこのざまさ」とデヴリンは言った。「おれはここにたったの二日しかいないのに」

「それで、この鉱脈はどうなんだ？　セロに掘削の知識があるなんて話は初耳だが」

「やつの強みはそこじゃない」とマシンガが説明した。「セロと監督たちの関係は微妙でね。セロはたまに部下を抑えこんで締めつけたりもするけど、普段はほったらかしだ。やつらはおれたちを働かせてダイアモンドを売る。セロはその上がりを部下にも握らせてるって、そんな噂も聞いた」

「奴隷労働か」オースチンは言った。「利益率を上げる気なら、それもひとつの方法だ」

「おれたちが死んだら、代わりを連れてくるのさ」マシンガは付け足した。「チャンスに恵まれない連中を丸めこんだり、拉致したりして」

オースチンは事情を理解した。セロを追放する理由がまた新たにひとつ生まれたが、オーストラリアを救うという目的にくらべれば優先順位はずっと下になる。「この数時間に到着した者はいるのか？」

「誰かを捜してるのか？」とデヴリンは応じた。

「最初は仲間と行動していたんだが、セロの一味に襲われてね。離ればなれになった。捕まったんじゃないかと思ってる」

「そいつはまずい」とマシンガが言った。「セロは拷問する。そいつらが口を割るか死ぬまで」

オースチンはマシンガの顔に見入った。一部がつぶれた鼻と耳もとの傷は、あきらかに鈍器で殴られた痕だった。「その場所を知っているんだな」

「ああ」マシンガは言った。

「教えてもらいたい」

「この迷路の真ん中あたりさ」三人組の第三の男が言った。「セロの手下どものなかを突破するのは無理だ」

「無理かもしれない」とオースチンは言いなおした。「でも、われわれは挑戦するんだ。あんたたちにも付きあってもらう」

「おれはかまわない」とデヴリンが言った。「連中にはひと言文句を言ってやりたいんでね」

「おれもだ」とマシンガも言った。

「おれは機械に縛りつけてくれ」第三の男は言った。「ここであんたたちの帰りを待つことにする」

オースチンは男を睨みつけた。

「大差ないだろう？　三対三〇でも四対三〇でも。オッズは同じさ。おれがいなくても」

勿体（もったい）をつけた言い方ながら、男は正しかった。オースチンは別のアイディアを思いついた。「囚人はほかに何人いる？」

「六十か七十」マシンガが答えた。

「で、そのなかで復讐の機会を狙ってるのは？」

「最低で六十か七十」南アフリカ人は笑顔でくりかえした。

「だったら、居住区域が第一の目的地だ」

拷問部屋に残されたザバーラとグレゴロヴィッチは、一〇〇度もありそうな高温のなかで汗をかいていた。顔に吹き出した汗を鼻先から滴（したた）らせながら、ザバーラはこの皮肉に信じられない思いでいた。「二時間まえには凍死するかと思ってたのに」

「今度は火炙（ひあぶ）りか」とグレゴロヴィッチが応じた。

その小部屋は息苦しくなっていた。思い切った行動に出なければと考えながら、ザバーラはどうにか身をよじり、濡れた頬で手の甲を擦（こす）った。顔と髪から流れ出る汗を手に塗りつけると体勢を変えた。

指をきつく握りしめ、手錠から抜こうとした。曲芸師の気分で引いたりねじったりした。

「そんなことをしても抜けやしない」とグレゴロヴィッチは言った。

「おれは手首は太いけど、手の大きさは並でね。それにこの旧式の手錠にはずいぶん遊びがある」

汗を潤滑剤に、ザバーラは手を枷に食いこませていった。そして抜くことに成功した。

ザバーラは誇らしげな笑顔を見せた。「血と汗と涙の結晶だな」

グレゴロヴィッチは視線を落とした。「足はどうする？　太い足首に細い爪先じゃなさそうだが」

そこまでは考えていなかった。

「一度に一歩ずつ」ザバーラは言った。「一度に一歩ずつさ」

44

島の制御室で、ヘイリーは必死で平静をよそおっていた。ジョージに思いのたけを伝えようとするかのように、それも露骨にならないよう気をつかいながら、セロに向かって話しつづけていた。

おもねるヘイリーにたいして、セロは大型マシンの制御パネルを示し、彼女を覗き窓へと導いた。そこからは暗い洞穴に据えられた大きな球体が見えた。

セロが一連のスイッチを押した。すると窓の外の洞内に明かりが灯った。球形の巨大な装置が姿を現わした。その正体は、何年もまえにセロから見せられた予想図にあったものだった。

「すごい」とヘイリーは言った。

「父は正しかった。これが証明さ。われわれはここから地中を通し、地球上のどの地点にも厖大(ぼうだい)なエネルギーを向けることができる。ゼロ点場から引き出したエネルギーをね」

「発電機は要らないの？」

「波動を起こすときだけは必要だ」とセロは答えた。

そこでヘイリーは思いついた。外で見た発電機を破壊することができれば、マシンの作動を止められるのではないだろうか。

「驚いたわ」ヘイリーは覗き窓から格子状の面を見つめた。「動的フィードバックの問題はどうやって解決したの？」

「解決できたのは一部分だけだ」

「結局、振動が制御できないまま？」

「水を減衰場として利用する。水は大量のエネルギーを吸収するからね。それに、オープンエンドの導体の代わりに球状のエミッターを開発したことで、はるかに安定した波が得られる」

「あなたはいつもわたしたちの一歩先を行っていたわ、ジョージ」ヘイリーは微笑しながら言った。「ほんとにすばらしい」

「理論的な研究はいつも父の役目でね。ぼくの仕事は計算だった」

話をしながら、ヘイリーはジョージの人格がどれほど強く支配しているかを探ろうとした。自身の恐怖症と向きあうことで、彼女は精神の健康についてじつに多くのことを学んできた。多重人格障害をもつ患者というのは、自分の頭のなかにある別人格が何をたくらんでいるのか、まったく認識がないのだという。罪を犯そうと、不倫をしようと別人の人生を送っていようと、支配する人格が潜伏しているときには嘘発見器に引っかからない。

これがそのケースに当てはまるとするなら、ジョージをうまく誘導できれば解放されるかもしれないし、彼を降伏させることも、あるいは少なくとも、彼がもくろんでいる死の攻撃を阻止する猶予が生まれるかもしれない。

「手紙をくれたのはあなたなの？」ヘイリーは希望を抱いて訊ねた。

セロはぼんやりした視線を返してきた。

「わたしに警告するために」と一か八かで口にした。

「ああ」彼はようやく答えた。「世界に平和なエネルギーをもたらすことができないかと、いまでも願ってる」

「あなたのお父さんは気づいてないわ。わたしたちはそれをつづけていかなくてはならない。わたしたちが力になれるのに、お父さんはわかろうとしない」

「そのとおりだ」とセロは言った。「たとえ父に嫌われようが、それがわれわれのためになる」

「あなたはほかの人たちが逃げられるように手を貸したのよ」とヘイリーは水を向けた。

セロはうなずいた。「彼らにはチャンスと情報をあたえたんだ。それがぼくのしわざだとは思うまい。メモを渡して。うまくいくようにね」

ヘイリーは内心、動揺をおぼえていた。彼はジョージとして内通し、使者たちが自由の身となる手助けをした。その一方で、彼はセロとして彼らを追って殺害した。情報漏洩はASIO内ではなく、大本にあった。つまり、一部の情報はジョージの人格からセロの人格へと渡っていたということなのだ。いままでにない不安に駆られながらも、その先を追及せずにはいられなかった。

「理性が勝るんじゃないかと思ってたんだ」とジョージが洩らした。

「そうに決まってるわ」ヘイリーは声に力をこめた。

「いや」彼は悲しげに答えた。「やつらはまたわれわれを殺しにきた。それを追い払うには、止められない力を見せつけるしかないんだ」

彼女はとっさに口にした。「あなたの代わりに、わたしが交渉してもいい」彼のなめらかな手をつかんで訴えた。「アメリカは恩赦をおこなうって約束してるわ」と嘘をついた。「彼らと帰国すればいいのよ」

「恩赦？」

「ええ。あなたとお父さんに」ジョージの人格を引きとどめておきたい一心で言い添えた。

「彼らがなぜそんな提案を？」

「ロシアが手を出してくるのを恐れているから」

「彼らはロシアと組んでいるんだ」とジョージは断言した。

「いいえ。ロシア人はわたしたちを拉致した。あなたを殺そうとしてる。でも無線で話をさせてくれれば、助けを呼べるわ」

ジョージは迷いを見せた。「本当に？」

「約束する。わたしは事実を裏づけたいだけよ」

その言葉を吟味するかのように、彼はヘイリーのことをじっと見つめた。

「わたしに接触してきたのは、そのためなんじゃない？」

やがてジョージはうなずいた。「来てくれ」

彼は制御パネルに沿って歩き、最後のコンソールの前を通り過ぎようとして足を止めた。

ヘイリーはその理由を見てとった。数人の男女が床に倒れていた。白衣が血に染まっている。銃で撃たれていた。

「父さん、なんてことをしたんだ」

ヘイリーは息を吸おうとした。「急がないと、ジョージ」

セロは迷っていた。首をかしげた。「どういうことなんだ、やつらが裏切り者とは?」と宙に問いかけた。

ヘイリーは状況を察した。「だめよ、ジョージ。話しかけないで」

「彼らはあなたのために働いた」彼は父と言い争うように言い放った。「あなたのためにこれを造ったんだ」

なぜか恍惚とした(こうこつ)ような沈黙がセロを捉えた。ヘイリーは彼が揺れているのを感じた。

「しっかりして!」

セロはためらっていた。ぎこちなく立ちつくした彼はヘイリーの手を放した。

「ジョージ?」

「ちがう」と静かに言った。

「ジョージ?」

「ちがう!」

今度は怒号となってひびいた。その目がにわかに険しさを帯び、セロは右手でヘイリーの首をつかんで壁に叩きつけた。衝撃に茫然としたヘイリーは、セロの手に気管をつぶされ、脳の血流が途絶えそうになるのを感じた。

「おねがい……」彼女は息も絶えだえに、セロのもうひとつの心に呼びかけた。「おねがい!」

セロの手を離れたヘイリーは、死体の群れの傍らに倒れこんだ。

「よくも息子を刃向かわせてくれたな！」

「そうじゃない」ヘイリーはどうにか声を出した。「わたしたちはただ……助けるつもりだった」

「おまえの助けなど要らない！」セロは叫んだ。「それに息子の助けもだ。世界は私の前にひれ伏すだろう。私がオーストラリアにもたらす惨状を前にすれば、交渉など必要なくなる。連中は私に慈悲を乞うことになるだろう」

セロは制御パネルのほうに後ずさり、マスタースイッチをオンにした。ヘイリーの耳に重い回路が閉じ、別室の大きな発電機が始動する音が届いた。周囲の照明がはっきりわかるほど暗くなり、やがて明るくなった。

まもなく発電機が唸り、回転を一気に上げていった。

「やめて」ヘイリーは懇願した。「おねがい、こんなことしないで」

「おまえがここにいてよかった」セロは叫んだ。「私はゼロ・アワーまで待つ気はない。いますぐやつらを罰してやる。おまえは私の横で、私が私を虐げた連中に破滅をもたらすところを目撃するのだ」

球状の洞でギアが激しく動き、パイプと電線管の巨大な集合体が上下動をはじめた。兵器はゆっくり旋回しながら、ジェットコースターが傾斜路を引き上げられていくときのような音をさせていた。

地殻を貫通し、オーストラリア奥地の休眠断層にエネルギー波を放とうという兵器がじわじわ照準を合わせていくなかで、ヘイリーは気が遠くなるのを感じた。

45

オースチンと新たにくわわった三人の仲間は、鉱夫たちが掘ったトンネルを何本もたどったすえ、囚人用の施設がある一画に達した。

そこには、およそ二〇フィートごとに鋼製の扉をはめた小部屋が設けられていた。通路のいちばん奥に看守が一名、机についておざなりな監視をおこなっていた。

「そもそも、あそこをどうやって通り抜けた？」とオースチンは訊いた。

「やつがトイレに行くのを待ったのさ」とマシンガが答えた。

「あいつがコーヒーを飲んで徹夜でもしてないかぎり、そのプランを再開させる暇はないな。万能鍵を用意しろ」

オースチンは深呼吸をして身体の力を抜いた。そしてさりげなく通路に歩み出るとマカロフを構え、足早に進んでいった。

看守が顔を上げたのでやむを得なかった。オースチンはすかさず二回、引き金をひいた。狭いトンネル内に雷鳴のような銃声が轟いた。二発は胸に命中し、椅子から飛んだ看守は床に倒れた。

看守は身じろぎもしなかったが、意外にもその脇にふたりめの看守が現われた。カートはさらに発砲した。新手の看守は頽(くずお)れたが、倒れざまに非常警報のボタンを押していた。

電動のアラームが鳴りわたり、オースチンの立つ場所から衛所とその先を隔てる、分厚い鋼鉄の扉が作動した。オースチンは前方に駆けだしたが、そこまでたどり着くまえに扉は閉じた。

背後では、マシンガが寮を思わせる房から囚人たちを解放していた。自由になった彼らは歓声をあげ、異なる言語で感謝を口にした。その場を埋めた囚人たちは、何かを期待してオースチンのほうに押し寄せた。

群れの先頭に立つデヴリンが、オースチンのそばまで来た。「で、どうする?」

オースチンは肩から下ろしたバックパックを地面に置いた。開いたバックパックの中身は爆薬だった。「全員を房にもどすんだ」

「ここを吹っ飛ばすつもりか?」

「ほかに方法はない。天井が落ちないことを祈ろう」

オースチンの直観は勇み足を踏むきらいがある。小型のハンマーが役立つなら、大槌(おおつち)を使えば訳もない。今回は生来の嗜好(しこう)を抑えて、C‐4の固まりを扉の両脇に据え、それぞれに信管を二組ずつ挿した。

「それで足りるのか？」とデヴリンが訊いた。

オースチンは答えなかった。

「多すぎるってことは？」

ただでさえアラームが鳴りつづけているのに、デヴリンの疑問は事態を悪くするだけだった。「とにかくやってみるしかない」とオースチンは言った。「早く、この連中をさがらせてくれ」

信管にワイアを接続する間に、デヴリンが人群れを遠ざけるようにしながらトンネルを後退していった。

まもなくオースチンも、ワイアを繰り出しながらその後を追い、最初の小部屋に身を隠した。そして解放されたばかりの囚人たちが見守るなか、テニスプレイヤーが握力を鍛えるのに使うハンドグリップに似た小型の装置に、信管から引っぱったワイアをつないだ。

「何だ、それは？」とデヴリンが訊いた。

「クラッカーと呼ぶやつもいる。起爆装置さ」

周囲の囚人たちがしゃがんで耳を覆った。オースチンにとってさいわいだったのは、クラッカーがちっぽけな発電機で、電動式ではなく、おそらくはスノーモービルを破壊したフラッシュ・ドローによって損傷していないことだった。

「いいか?」

デヴリンとマシンガがそろってうなずいた。オースチンはすばやく握り、圧力をくわえた。その動作でワイアに電気パルスが送られた。パルスが信管を作動させ、そしてC-4が炸裂した。

地下の空間にすさまじい爆破が起き、その衝撃波がトンネルを伝って小部屋に達した。体内から空気が抜ける感触とともに、オースチンは洞穴内にいた全員もろとも地面に投げ出された。

すぐに起きあがると、塵芥の雲をかき分けるようにしてトンネル内を進んだ。奥まで行き着くころには視界がひらけていた。光とその先の空間が見えた。扉は脇に倒れていた。

通路に足を踏み入れると、もはや妨害するものはなかった。「片づいた」オースチンは叫んだ。「行こう」

デヴリンとマシンガが真っ先に走ってきた。オースチンは死んだ看守たちから奪った武器を手渡し、三人は囚人の群れを従えて移動を開始した。

始動チェックリストに目を通していたセロの耳に、甲高い警報音が届いた。彼は何が起きているのかと思いめぐらした。

ヘイリーが声をあげた。「ジョージ、こんなことがあってはいけないわ。別の方法もあるって、お父さんに伝えて」

セロは左側を見た。そこにいる息子が、恋に悩む男子生徒のようにヘイリーを見つめていた。

「彼女の言うことは聞くな」とセロは怒鳴った。「われわれのことなどどうだっていいんだ。本当なら、彼女は日本に来るはずだった。われわれを裏切って、この男たちをわが家に連れてきた」

「助けたかっただけよ」

セロは始動の手順に集中しようとしていた。息子の弱さを気にかけている暇はなかった。

「あなたをここから連れ出してあげる」ヘイリーは言った。「あなたたちふたりを。夢を平和にかなえることができるわ。だって、それがあなたたちの希望じゃない。そうすべきだってわかってるはずよ」

セロは混乱しはじめていた。息子が思いなおすようにと迫ってきた。「父さん、ぼくはね――」

爆発音が室内をどよもした。それは洞穴の奥深くから聞こえてきた。セロの頭の霧が晴れた。警報、爆発。攻撃を受けているのだ。

顔を上げるとジョージはいなくなっていた。どこかへ逃げたにちがいない。「臆病者め！」

「おねがい！」とヘイリーが叫んだ。

「黙れ！」セロは怒鳴った。もはや息子のことを気にする余裕はない。このまえの焼尻のときのような目に遭うまえに、こちらから攻撃を仕掛けなくてはならない。

「それをやったら、あなたの居場所が覚られてしまう。彼らがここにやってきたら、この場所もあなたも破滅よ」

セロはヘイリーに視線を落とし、そして近寄った。「当然だろうな。だが私は姿を消す。やつらが脅しに使ったものを持って、やつらに対抗する」

彼は壁際に置かれた物体を指さした。ロシア人が携えていたスーツケース爆弾だった。それで敵を殲滅することができるし、数百万ドルで売ってもいい。

セロはヘイリーの瞳に恐怖を見て取った。それをひとしきり楽しむとコンソールにもどり、インターコムを取ってスイッチを入れた。

「ヤンコ！」と大声で言った。「どうした？」

「攻撃を受けています」とヤンコが答えた。「おそらく……」

たたみかける銃声に、ヤンコの説明がかき消された。

ない」

「部下をこっちへよこせ」とセロは命じた。「連中を制御室に近づけるわけにはいか

「やつらが作業員を解放して」ヤンコは叫んだ。「ここで暴動が起きました。かなり追いこまれています」

「送ります」さらに銃声がして、ヤンコの言葉が途切れた。

セロはパワーグリッドに注意をもどした。レベルが近づいてきた。グリーンの範囲に達したところで、すぐさま発火準備を開始すると、窓のむこう側の洞穴に泡立つような少量の光が射していった。

その光景はいつ見てもうっとりするものだった。そのせいで、忍び寄っていくヘイリー・アンダーソンの姿はまったく目にはいらなかった。

ヘイリーは組みついたセロの顔にパンチを繰り出したが、彼の神経の末端はそこになかった。感じたのは衝撃程度である。怒りにまかせて彼女を投げ飛ばし、コンソールに叩きつけて気絶させた。

ふと後悔の念に襲われたが、それもつかの間のことだった。当然の報いだ。裏切り者め。

セロは立って窓辺に寄った。球体はあるべき位置におさまっている。標的はオース

「ヤンコ？」

トラリア。システムが、ゼロ点場からエネルギーを引き出しはじめている。
そう時間はかからない。

46

強風は激しさを増し、ポールとＮＵＭＡの特殊部隊は〈ラーマ〉への乗船に手間取ったが、いったん乗りこむと事態は落ち着いた。彼らは船橋へと進み、船の指揮権を握ったのである。

その後、ベトナム人船長の案内で病室に向かうと、ウィンズロウ船長と〈オリオン〉の乗組員四名が収容されていた。ロシアの特殊部隊員数名も床に臥し、脱水状態に陥っていることがわかった。

「彼らの銃をもらうんだ」ポールは〈ジェミニ〉の航海士に言った。隊員たちが木製のライフルを本物と取り換えるにつれ、船を掌握した実感が湧いてくる。

ウィンズロウ船長のほうに歩み寄ると、船長から怪訝な視線を向けられた。

「ポール？」オーストラリア国旗柄の腕章に目をやって船長が言った。「最近転職したのか？」

「まあね」とポールは言った。「〈ジェミニ〉が待機してる。こちらの状況はどうかな?」

ウィンズロウが〈オリオン〉の沈没とロシア人による生存者の救出または拉致について説明した。

「どうやって船の操縦を?」とポールは訊ねた。

「見てのとおり、われわれはやってない」

「でも、この船は過去三〇時間、オリオン座の形をなぞって航行していた。ただの偶然とは思えないけど」

ウィンズロウが頬笑んだ。「カートだよ。あのロシア人たちに無駄骨を折らせていたんだ。そこらじゅうジグザグに動いてね。最終目的地を隠すためだと言ってた。まさか同時にメッセージを送っていたとは」

「カートはいまどこに?」ポールは訊いた。「まだ見つかっていないんだ」

「ロシア人たちがカートとジョーと、オーストラリア人女性を連れていった。ハード島に何やら襲撃をかけるつもりらしい。そこにセロの基地がある。あの男の潜伏先だよ」

ポールはベトナム人船長のほうを向いた。「この船の通信センターはどこにある?」

オースチン、ザバーラ、そして〈オリオン〉乗組員の数名は生きているとの報せは、喜びをもってワシントンDCで迎えられた。それでも控えめだったのは時計の針のせいである。ゼロ・アワーは一二〇分後に迫っていた。

ピットは地図上のハード島を見た。ゼロの想定位置を示すロシアの偵察写真のプリントアウトがファクス機に届いていた。調べれば調べるほど、危うい状況に思えてくる。

「この男の活動はすべて地下でおこなわれてきた」とピットは言った。「今回もそのパターンを踏んでいるようだ。この情報をNSAに伝えなければ」

イエーガーは険しい顔をしていた。「あの標的にミサイルをばら撒くことになるんだろうな」

「そうだな」ピットは感情を排して言った。

イエーガーが身を乗り出してきた。「いまごろカートとジョーがむこうに到着しているはずですよ」

「それも承知している」

「すると、ふたりは生きてもどったと思いきや、自国の潜水艦からのトマホーク・ミサイルで消されてしまう？」

ピットは長年の友に悪意のかけらもない視線を向けた。イェーガーが言っていることはよくわかる。「平気でできることじゃないさ、ハイアラム。しかし、ほかに選択肢はない」

ピットはインターコムのボタンを押した。「ＮＳＡのジム・カルヴァーを呼び出してくれ」

47

ジョー・ザバーラは轟く爆発音が洞穴を押し寄せてくるのを感じた。グレゴロヴィッチとともに耳をそばだてるとすぐに号砲が聞こえた。混沌(こんとん)とした戦いが大洞窟で激化しているようだった。

「こっちに来る」ザバーラは言った。

グレゴロヴィッチがこくりとうなずいた。

ザバーラはふたたび拘束を解こうと、押したり引いたりして左手を振りほどこうとした。それがまるで用をなさず、手錠はむしろきつく締まった。

グレゴロヴィッチが顎で指した。「あそこだ。ペンチがある。そっちなら届くんじゃないか」

ザバーラは向かい側にある雑然とした机に目をやった。ペンチ、ブラスナックル、ほかにも拷問に欠かせない道具が何点か載っている。身体を伸ばしてみたが、あと六インチは足りない。

「ほら」グレゴロヴィッチが急き立てた。

「おれはゴム人間じゃないぞ」

銃声と叫び声が扉のすぐ外で鳴り響いた。

ザバーラはもう一度手を伸ばしたが、テーブルの数インチ手前で空振りするばかりだった。

扉が勢いよく開かれた。セロの部下のひとりが室内にもどってきて、視線とライフルをドア越しに廊下の先に向けた。

男が見えない敵に向けて一発放つと同時にザバーラは飛びかかり、自由の利く腕を男の首に巻きつけ後ろに引いた。

男はライフルを落としてザバーラの前腕をつかみ、喉笛から引きはがそうとした。ザバーラはしがみついたまま全身の筋肉を使い、強力な腕をスリーパーホールドの型に決めた。

男はやたらに手足を動かしたが、ザバーラは梃子の力を手中にしていた。妙な話、壁に固定されていることにかえって助けられたのである。まもなく男はザバーラの腕のなかで動かなくなった。

ザバーラは男をその状態で抱え、さらにまる一分経ってから手を放した。男が床に転がると、ライフルを拾いあげた。

身をひねり、左手を壁につないでいる鎖にライフルの狙いをつけようとしたが、銃身が長すぎる。グレゴロヴィッチに向きなおった。「あんたが先だな」グレゴロヴィッチが立ちあがって壁から身を遠ざけた。「さっさとやってくれ。誰か来るまえに」

ザバーラは片手だけでグリップを握り、ぎこちない手つきでライフルをグレゴロヴィッチの鎖に向けようとした。

「気をつけてくれ」ライフルが自分の身体のほうに揺れるのを見てグレゴロヴィッチが言った。

ザバーラが腕を固定できないうちに、またも扉が開け放たれた。ザバーラはライフルを振り向けた。

「待て、相棒！」耳馴れた声がした。

「カート！」ザバーラはそう叫び、銃を下ろした。「やっと登場か。もう自力で脱出するしかないって思ってたとこさ」

「なんかそれなりにうまくやってるみたいじゃないか」オースチンが言った。「手を貸そうか？」

「こっちをやってもらいたい」ザバーラはライフルを手渡した。

緊張するザバーラにたいし、オースチンは慎重に狙いを定めて腕から鎖を吹き飛ばすと、足にも同じようにした。ザバーラは自由を噛みしめて前に踏み出した。オースチンはつづけてグレゴロヴィッチのことも解放した。

オースチンは囚人たちと外の混乱状態について説明した。そしてグレゴロヴィッチにセロの看守たちから押収した拳銃二挺を渡した。

「われわれが優位に立っていると思うが、時間がない」とオースチンは言った。「ヘイリーがどこにいるかわかるか？」

「セロが連れていった」ザバーラが言った。「彼女に見せたいものがあったらしい。それが何かはみんな察しがついているよな」

「どっちへ向かった？」

「はっきりとは言えないが」ザバーラは答えた。「たしかセロは〝彼女を上に連れてこい〟って言い方をしていた。これは勝手な思いつきだけど、おれが地下の隠れ家に潜む悪党だったら、自分の部屋はてっぺん近くにするな」

直後、デヴリンとマシンガが部屋に飛び込んできた。ふたりの現況報告はどうやらザバーラの推測とぴったり一致していた。

「セロの手下たちは上の階に退却してる」とデヴリンが説明した。「追いかけようとしたんだが、通路を封鎖された。だが興味深いものを見つけたぞ」

「どんな？」

「無線室さ」

オースチンはにやりとした。「こっちにも進展があったわけか。騎兵隊を呼ぶ頃合いだ」

48

ダーク・ピットからジム・カルヴァーへのメッセージは、蜂の巣をつついたような騒ぎを惹き起こした。十分としないうちに、ホワイトハウスのシチュエーションルームでブリーフィングが開始されていた。カルヴァーのほか、出席者は大統領、副大統領のサンデッカー、そして統合参謀本部の幹部数名。顧問と補佐官の一団が後ろに控え、ピットとイェーガーはその進行を安全なビデオリンクで接続されたフラットスクリーンで注視していた。

短く意見が交わされたあと、根本的な問題が浮かびあがった。時間が尽きようとしているいま、セロを止める手立てはあるのか。

その目的に関して、唯一重要な見解をもつ海軍少将がいた。その役職名はCOMSUBLANT、米国大西洋潜水艦隊司令官（the Commander of U.S. Submarine Forces in the Atlantic）の略称である。

ハード島は大西洋から遠いが、この少将は現在ペルシャ湾およびインド洋を担当する潜水艦隊の指揮も執っていた。目下想定されている標的ゾーン、つまりハード島にもっとも近い艦隊だ。

「……これらの艦に搭載されたトマホーク巡航ミサイルは射程が延伸されています」と少将は大統領からの質問に答えた。「したがって〈オールバニー〉と〈ニューメキシコ〉の両潜水艦ともハード島を射程におさめる。かろうじてではありますが」

「では何が問題なのだ？」カルヴァーが訊いた。

「時間枠です。トマホークは亜音速兵器なので」

「というと？」

少将が溜息をついた。「発射からインパクトまでの時間は三時間を超えます。いただいたタイムテーブルによれば、この男が行動を起こすまで九〇分もない」

室内は静まりかえった。少将の言葉が意味するところは誰もがわかっていた。

「どうしてこんなことになった？」カルヴァーが語気も荒く問い糺した。「われわれが艦隊を配置につけるよう命じたのは二日まえだ」

「海軍は指示を受けて直ちに対応しました」少将が言った。「しかしハード島は地球上の最果ての地のひとつで、われわれもじっくり時間をかけてそんな世界の果てを偵察してはいません。運航可能な艦で当時もっとも近かったのが〈オールバニー〉ですが、それでも四〇〇〇マイル以上の遠方に位置していた」

補佐官がひとり部屋に駆けこんできてカルヴァーにメモを渡した。

「どうやらそれも問題ではないようだ」カルヴァーが言った。「われわれの早期警報ネットワークが南半球でニュートリノ波を観測した。位置は不明だが、出所がどこかは見当がつくはずだ」

「ゼロはわれわれに九〇分の猶予もあたえるつもりはないわけか」大統領が言った。

「フライングを犯すとはな」

サンデッカー副大統領が話を引き取った。「オーストラリアの首相に知らせたほうがいい。最後の審判の日が早めにやってくると伝えるんだ」

ピットは辛抱強く進行を眺めていたが、それをさえぎるようにインターコムの呼出し音が鳴った。通信部門のミズ・コンリーだった。

「無線の呼び出しがはいっています、ダーク」

ピットは通話ボタンを押した。「いまは都合が悪い」

「カート・オースチンですよ」ミズ・コンリーが返した。「短波帯で発信していますね。信号がとても弱くて」

「つないでくれ」ピットは即座に言った。

直後、空電と短波の混信でひずんだ雑音が回線から流れ出た。

「カート？」ピットは訊ねた。「聞こえるか？」

さらなる雑音につづき、ようやくオースチンの声が届く。

「かろうじて。こちらはハード島です。セロの作戦基地を見つけました。地下です。ウィンストン氷河の正面に近い」

「承知している。ハイアラムが首尾よくきみたちの信号を解明し、ポールとガメーがブラフをかけて〈ラーマ〉を投降させた。そちらの状況は？」

音声がまた不安定になり、散発的な混信で何度もとぎれた。「こちらは首尾よくちょっとした暴動を起こし、基地の半分を制圧したものの、セロと手下たちは上層階に立てこもってます。そこにはたどり着けない」

「NSAのセンサー網がニュートリノの放出を探知している」ピットは言った。「セロが兵器に装塡しているにちがいない。確認できるか？」

「どうかな、ただこのところの照明の問題はそれで説明がつきます」オースチンが言った。「ここを襲撃して吹き飛ばしてくれませんか。こっちは地表から一〇〇フィートは下にいるので」

「爆発物の現地への手配が間に合わない」ピットは言った。「きみたちがそこから食い止めてくれ」

静寂とひずんだ雑音がもどってきた。

「カート？　聞こえるか？」

「明瞭（めいりょう）に」とオースチンが言った。「やるだけやってみましょう」

空電の音が不意にやみ、オースチンからの無線は切れた。

静寂がハード島の無線室を満たしていた。

「援軍は来ない」オースチンは言った。「われわれがやるしかない」

「で、プランは？」ザバーラが訊ねた。

オースチンはグレゴロヴィッチに目を向けた。「モスクワから持ちこんだ花火の箱がどうなったかわかるか？」

「セロの部下がヘイリーとともに奪っていった」

「だとすると制御室に行ったほうがいいな」オースチンは言った。

照明が暗くなり、かすかな震動が室内に走って、セロの兵器からの最初のエネルギー波が洞窟に押し寄せた。見あげると、岩くずが頭上から舞い落ちてくる。

「こいつはやっぱり？」とザバーラが言った。

オースチンはうなずいた。「ダークによれば、ショーは早目に開幕したらしい」囚人たちのほうを向いた。「最上層へ行く方法はほかにないか？」

マシンガが真っ先に話しだした。「おれたちがこの鉱山を掘りはじめたとき、立坑があったんだ。キンバーライトへの横向きのトンネルを掘るようになると、すぐ封鎖されてね。そこを使えば、セロの防御の裏をかけるかもしれない」

「見つけられるか？」

マシンガは首を縦に振った。「たぶん」

「行こう」

二分後、彼らは坑道の先で、壁から金属板をこじ開けていた。板がはずれると、オースチンは頭を突っ込んだ。

上を見た。六〇フィート登れば最上部に達する。「例のロケット推進式の銛を使うならいまじゃないか、ジョー」

「だったら、遺失物取扱所へ探しにいってくれ」ザバーラが言った。

「時間がない。古風な方法でやるしかないな」

オースチンは下に目をやった。立坑はさらに一〇〇フィートばかり下方へ延びている。間違いなく、海の匂いがした。デヴリンのほうを向いた。「あなたの船がどこで見つかるかわかる気がする」

デヴリンが相づちを打った。「こっちも同じことを考えてた」

「囚人を集めるんだ。みんなをそこへ連れていってくれ」

デヴリンがうなずいた。マシンガも同じく。「船を占拠したら、あんたらを待つよ」

「それにはおよばない」とオースチンは力を込めた。「ただ海をめざしてくれ」

デヴリンはしばしオースチンを見つめ、敬礼すると、マシンガとともにほかの囚人たちを駆り集めに向かった。

「ほんとはおまえも行くべきだ」オースチンはザバーラに言った。

「悪いな」ザバーラが言った。「このまえのクルーズで船酔いしてね。ナビゲーションがなってない。設備もお粗末だ。あと食べ物の話はさせないでくれよ。あの船には衛生検査員を乗せるべきだ」

オースチンは笑いだした。この期におよんで友をベンチに下げようとしたとはばかげている。グレゴロヴィッチに向きなおった。「あと一度だけ賭けをする用意はいいか？」

「このゲームに決着をつける用意はできている」グレゴロヴィッチは言った。「これを最後に」

49

オースチン、ザバーラ、グレゴロヴィッチは廃止された立坑を登り、一方のデヴリン、マシンガ、そして南米系の男は生き残った囚人たちを連れて海面レベルへと下っていた。

上端に近づくと、またしても強烈な震動が洞窟を揺るがした。がらんとした立坑に、突進する列車のような音が響いた。

揺れが昇ってくるとオースチンは足場をつかんだ。加工された金属が妙に発光しているのに気づいた。こんなものはいままで見たこともない。

「急いだほうがいい」と声をかけた。

あとのふたりは後れをとっていた。殴打されたせいで動きが鈍くなっているのだ。オースチンが上まで到着し、待機しているところへ、ザバーラとグレゴロヴィッチが追いついてきた。

またも波状のトタン板が行く手を遮断していた。オースチンは耳をあててみた。大きく唸るような音が聞こえる。

「何だ、あれは？」ザバーラが訊いた。

「発電機だ」

オースチンはバックパックを下ろして足場の隙間に押し込み、C-4の最後の塊を取り出した。

「どうするつもりだ？」とザバーラ。

「見たところ、こいつは四カ所を留めてあるだけだ」とオースチンは言った。「それぞれの角を一カ所ずつ。爆薬をトタン板と壁の隙間に詰めて一気に起爆したら、波板を部屋のなかへ吹き飛ばせるだろう」

「どれくらいの量を使うんだ？」

オースチンは吹き出しそうになった。「おまえとデヴリンは質問をしすぎる学校の同窓生だな」

先刻重い扉を爆破したときとはちがい、今回使う爆薬は最小限にしたかった。覆いとなっているトタン板を開口部からはずせるだけの量でいい。

プラスティック爆薬を細かくちぎり、隙間風の入る窓に目張りする要領で角に埋め込んだ。信管をセットし、いま一度クラッカーをつないだ。

「しっかりつかまれ」

ザバーラもグレゴロヴィッチも腕と脚を足場にからませ、オースチンも同じく巻きつけた。

つぎのエネルギー波が洞窟を揺らしはじめ、オースチンはいまが絶好のチャンスと見て取った。クラッカーを強く握った。四つの小さな爆薬が同時にはじける。トタン板は室内へと吹き飛び、煙をたなびかせて床を叩いた。唸る発電機の響きが倍の大きさになった。

オースチンはなかを見た。

発電機の一基の裏から頭が突き出されたと思うと、別の二基の背後から銃撃が開始された。

オースチンが岩陰に首を引っこめると同時に、銃弾が坑道の内壁を切り裂いた。

「おれたちのサプライズ登場もここまでか」とザバーラが言った。

一六〇フィート下方では、デヴリンとマシンガが立坑の最下層に到着していた。短いトンネルの先に〈ボイジャー〉の黒い船体がつながれた洞穴がある。

横坑から、デヴリンは男が大型の木箱を運んでくるのに目を留めた。

唇に指をあててから飛び出すと、ライフルの台尻(だいじり)を男の頭に叩きつけた。男はよろめき、荷物を落として床に転がった。

男の正体に気づくと、デヴリンはライフルの銃口をその顔に突きつけた。「また逃げるのか、ヤンコ？」

ヤンコは声の主に気づいて身をこわばらせた。

「これを見てくれ」マシンガが木箱を開けて言った。「ダイアモンドだ」

デヴリンは後ろに下がると、ヤンコをライフルの台尻でもう一度強打し、失神させた。

数分後、ヤンコの服をつけたデヴリンは〈ボイジャー〉に乗りこみ、船橋を制圧した。船長格の乗組員を銃で脅し、腕を振ってマシンガとほかの囚人たちに前進するよう合図した。

「さあ」洞穴がまたもや揺れはじめ、デヴリンは声を張りあげた。今回の震動はいつにもまして長く、深い。小さな地滑りが洞穴のいたるところに見える。

最後の元囚人が乗りこむと、デヴリンは操舵手のほうを向いた。「エンジン始動」

立坑の最上部、発電機室のすぐ外でオースチン、ザバーラ、グレゴロヴィッチは予想以上に用意周到な防御に遭っていた。室内ではセロの部下八名が、発電機の背後に潜んでいたのだ。

「あんな十字砲火を突っ切るなんて自殺行為だ」ザバーラが指摘した。

「考えがある」とオースチンは言った。残っていたC-4を仕掛け、ザバーラを見た。「準備しろ」と叫んだ。

ザバーラがうなずき、ライフルの設定をフルオートに切り換えた。

オースチンは角からバックパックを部屋に放り入れ、これが最後とクラッカーを強く握った。爆発音が発電機室を揺るがした。うまくいけば護衛たちの度肝を抜くことができる。

「行け！」オースチンは叫んだ。

突撃しかけたザバーラをグレゴロヴィッチが脇に引っぱり、その身体を乗り越えていった。発電機室へと飛び込むと、ロシア人は二挺の拳銃のさばきも鮮やかに、部屋の中央から縦横に撃ちまくった。セロの手下に反撃され、何発も銃弾を浴びた。

グレゴロヴィッチが攻撃を引きつけている隙に、ザバーラとオースチンはその背後から突入した。左右に陣取り、セロの手下を最後のひとりまで撃ち倒していった。

銃撃がやんで、立っていたのはオースチンとザバーラだけだった。ふたりが駆け寄ると、床に倒れたグレゴロヴィッチは深手を負っていた。

50

制御室に立つマクシミリアン・セロは、自身の偉大な創造物の光に浴し、外の銃撃戦には気づいていなかった。覗き窓越しに、渦巻く銀河のようなゼロ点エネルギーの模様に見とれていた。それは地球のような構造物の内部を駆けめぐり、速さを増し、やがてまばゆい閃光のうちに消え、オーストラリアに向かっていく。

最初の波動を感じたのはおそらく、アウトバックのカンガルー数頭くらいのものだったろう。このうねりは窓を鳴らし、扉を揺らす。断層に震動を走らせ、反響の上に反響を重ねて、来るべき事態のお膳立てをするのだ。

セロはモニターを確認した。つぎの振動が起こりはじめている。

と、背後の扉がいきなり開かれた。振り向いたそのとき、カート・オースチンの銃から発せられる破裂音が聞こえ、銃身から閃く光が見えた。セロは後ろざまに倒れて覗き窓にぶつかり、厚いアクリル樹脂に血の跡をつけながら崩れ落ちていった。

床に倒れたセロは、ヘイリーのほうに転がった。彼女は数フィート先に横たわっている。

「ありが……とう」と言うのがやっとだった。

「ジョージ」ヘイリーがささやいた。

セロはうなずき、そして目を閉じた。

オースチンは室内に突入し、ヘイリーのもとに駆け寄った。「大丈夫か？」

「たぶん」ヘイリーは身体を動かそうとした。

彼女を助け起こすのと同時に、制御室は激しく揺れはじめた。

「どうなっているの？」

「セロが兵器を稼働させた。止めるのに力を貸してくれ」

ザバーラが入口に現われ、グレゴロヴィッチを支えて椅子に座らせると、オースチンはヘイリーをコンソールへと導いた。目の前で彼女はあらゆるものを細かく調べ、コンピュータのモニターをつぎからつぎへと確認していった。そこで恐怖の色がその顔に広がった。「わたしには止められない」

「何だって？」オースチンは問いかけた。「なぜ？」

「セロは何か手をくわえたのよ。パターンをゆがめている、輪ゴムみたいに伸ばしているの。つぎの波は到達するまで時間がかかるけれど、とてつもない破壊力があるわ」

「こいつを切ればそうはならない」とオースチンはコンピュータに連射する構えを取った。

「あなたはわかっていない」ヘイリーは言った。「もう切ってあるの。いまあなたが目にしているのは自由形態の連鎖反応よ。エネルギーはゼロ点場そのものの不均衡から生まれている」

オースチンは発電機室に目をやった。彼女の言うとおりだった。最後のC‐4が炸裂して発電機は切り離され、いまは単独で終息に向かっているのだ。

「じゃあどうやって止めるんだ?」

「無理よ。車が横滑り(スキッド)してコントロールを失って、右に左に振られているようなものだから。最後にぶつかるまで止まらない。大きなエネルギーの高まりが波を呑みこんで打ち砕くまで」

「断層が崩れるまでか」オースチンは言った。

ヘイリーがうなずいた。

信じられない話だった。何か手立てがあるはずだ。周囲を見まわした。ロシア製核爆弾に目が留まった。「ほかにエネルギー源が見つかったらどうなる? より近いエネルギー源が」

ヘイリーも核爆弾に目を向けた。「うまくいくかもしれない。この距離からなら、ちょうど波を砕けるくらいかと」

オースチンは爆弾に近づき、ケースを開けた。「グレゴロヴィッチ。これはどうセットするんだ？」

「簡単なタイマー式だ」ロシア人は声を絞り出した。「時間を設定して、〈始動〉を押すと、ゼロになったら爆発する」

オースチンはタイマーを探した。制御パネルは割れている。時限スイッチをオンの位置にした。何も起こらない。何度かスイッチを弾いた。「タイマーは被弾している」

「なら手動で爆発させるしかない」グレゴロヴィッチが言った。

オースチンはザバーラとヘイリーを見た。「きみたちはここから出ろ。立坑を行け。できれば、船のところまで」

「だめ」ヘイリーが言った。「ここに残ったら」

「どのみちひとりじゃ無理だ」ザバーラが言った。

拳銃の撃鉄を起こす音がした。

三人が顔を上げると、グレゴロヴィッチが銃を向けていた。「全員ここを出るんだ。私がこの装置を起爆する」

オースチンはグレゴロヴィッチに見入った。

「このざまだ」グレゴロヴィッチが言った。「家には帰らない」

「わかった」オースチンは、グレゴロヴィッチはもう長くは保たないだろうと思った。壁にもたれて座るグレゴロヴィッチに向け、爆弾を滑らせた。

「タイマーをはずしてくれ」グレゴロヴィッチが言った。

オースチンはタイマーを引きはがした。簡素な起爆スイッチが下に隠れていた。

「安全解除に」

オースチンはスイッチを安全解除の位置にひねった。「本当にできるのか？」

「簡単な処理だ」グレゴロヴィッチが言った。「ボタンを押すだけでいい」

「こっちの言いたいことはわかるはずだ」

「自分で始末をつける」

「あと八分」ヘイリーがコンピュータ画面を見て言った。「そこで波動は頂点に達するの。いちばん不安定になる。そのとき爆発させて。遅れたらオーストラリアは瓦礫の山になる」

グレゴロヴィッチがうなずいたと思うと、新たな震動が部屋を揺るがした。オースチンは今回の揺れは感覚的にちがうと気づいた。これまでより強くなっている。

出発の時間だった。

差し出した手を、グレゴロヴィッチが握りしめた。手を放すころには、ザバーラとヘイリーはすでに足場を降りている途中だった。オースチンはふたりの後を追った。

「きみが正しかった」グレゴロヴィッチが背後から声をかけてきた。「ポーンもときには役に立つな」

オースチンはうなずいて部屋を出た。立坑へと急ぎ、這うように降りていった。途中、またも硬いものが直撃したような揺れが起きた。壁に蛇行する割れ目が走り、冷たい氷混じりの水が頭上から降ってきた。

震動のために、火山の麓に何本もの亀裂が生じていた。マグマと高熱が噴きあがり、氷河の底面が解けはじめた。氷河が動き、前方に滑りだした。オースチンが立坑の底に到達したときには、氷混じりの滝が流れ落ちてきていた。

その下を駆け抜け、ザバーラとヘイリーに追いついた先が港のような洞穴だった。

不思議な黒い船が狭いドックの端に停まっていた。

「さあ」甲板からアイルランド人の叫び声がした。「今度こそ、誰も置き去りにしないぞ」

デヴリンに忠告を無視されたことが無性にうれしかった。オースチンは、ザバーラとヘイリーとともに駆けつけた。乗りこむと同時に船は動きだした。艦内にはいってみると、セロの部下数名が操縦し、マシンガら囚人たちが監視についていた。

「舟を出せ」デヴリンが命令した。「門を開けろ」

洞穴が揺れ、天井から瓦礫が落ちてくる。拳大の岩がつづけざまに〈ボイジャー〉の甲板を叩き、巨石がほんの数ヤード先の水中に突っ込んだ。まもなく〈ボイジャー〉は潜水し、二枚の扉がゆっくりと広がる間隙に向かっていった。

「出力を上げろ」デヴリンは命令した。「行くぞ！」

操舵手は指示に従い、〈ボイジャー〉は前に押し出された。

「ネモ船長はこんなふうにして最期を迎えたんじゃなかったか？」ザバーラが言い出した。

「話によれば」とオースチンは言った。「『神秘の島』によれば、そうして最期を迎えた」

　ヘイリーはオースチンの手を握り、船橋にいる誰もが固唾を呑んで、じりじりと開いていく扉を見つめていた。〈ボイジャー〉は深度を安定させて加速していった。扉の間隙を通過する際、右側のプレートをひどく擦った。

「ここはフルパワーで行くところだな、ぼくがあんただったら」とオースチンは言った。

「聞こえたか」デヴリンが命令した。「全速前進だ」

　二度言われるまでもなく、操舵手はスロットルレバーを全開まで倒した。スクリューが回転数を上げ、大型船は激しく揺れた。

「海面に出るともっと速くなる」操舵手が進言した。

「浮上しろ」とデヴリンが命じた。

乗組員が操作してタンクから海水を排出し、〈ボイジャー〉は浮上をはじめた。水面に躍り出たのは残り一分の時点だった。

制御室では、天井の半分が崩れ落ちていた。上層階との間に亀裂が広がり、解けていく氷河から雪と水が流入してきた。

雪混じりの水はグレゴロヴィッチを制御室の奥まで押し流し、壁に叩きつけたのち、勢いを弱めて徐々に引いていった。

グレゴロヴィッチは腕時計を見た。ゼロ点場の波動や桁外れの規模のことなど何も知らない。知っているのは交わした約束だけだった。八分。何があろうと八分後に起爆しなくてはならない。

起きあがろうとした。あと三〇秒ある。ところが立つことはできず、凍てつくほどの水と雪がまわりにあふれ、しだいに部屋を満たしていく。

そのなかを腹ばいになって、浮いている塵芥を払いのけながら進んだ。視力が失われつつある。頭がぼんやりしてきた。かつて父親から拷問された湿地での痛みと寒さを思いかえし、奮い立った。あきらめてなるものか。

氾濫する水のなかを突き進み、爆弾までたどり着いた。腕時計の秒針がゼロを指すとともに、拳を起爆装置に叩きつけた。

オースチンは〈ボイジャー〉の窓越しに海が真っ白に輝きはじめるのを見つめていた。これからどうなるかはわかっている。

島を振りかえると、エネルギーの衝撃波が背後のラグーンから噴き出した。白とオレンジ色に彩られた火の球が見えた。外に向かって勢いよく、こちらを呑みこまんばかりに膨らんだかと思うと、突如として、深海でつぶれる泡さながら内側に崩壊していった。反響する轟音が通り過ぎ、薄く広がる瓦礫と水滴がいきなり〈ボイジャー〉を雹のように襲った。だが火の気はなく、熱もなかった。恐ろしいまでに荒れ狂った光る海もない。すべては暗く静かになっていた。

初めは、出来すぎではないかと思えた。しばらく言葉を発する者はなかった。やがて、オースチンは誰もが抱いていた問いを投げかけた。「終わったのか?」

ヘイリーがオースチンに向けた視線を外にもどした。潜水艦はうねる波に上下していた。海は平常どおりに見えた。ぞっとするような震動は消えていた。

「たぶん」と彼女は言った。「あの人がやってくれたんだと思う」

オースチンはなおも目を凝らした。グレゴロヴィッチは有言実行でやり遂げた。仕事を片づけたのだ。

「誰か無線機の場所を教えてくれ」とオースチンは言った。「オーストラリアの無事を確かめなくては」

51

爆発から八時間後、〈ボイジャー〉は〈ジェミニ〉および〈ラーマ〉と合流した。オースチン、ザバーラ、ヘイリーほかの生存者たちは〈ジェミニ〉に移乗し、祝い事に目がないガメー・トラウトに温かく迎えられた。笑い声のなか、マチルダ・ワラビー司令官の冷酷な台詞がくりかえし唱えられ、ガメーはすっかり恐縮していた。ポールの手作り砲塔と〈ラーマ〉にたいするブラフの顚末も同じ扱いを受け、どちらもNUMAの伝承として残ること請け合いとなった。

「ポーカーナイトにはふたりを招待しないって、いまから肝に銘じておく」とザバーラがからかった。

オースチンはといえば、しばらく口をつぐんでいた。この旅のあいだに、あまりに多くの命が失われ、終わったのだという安堵のほかにはなんの感慨も湧いてこなかったのである。やがてある晩遅く、無線室に足を運び、〈ジェミニ〉の機器を使って長距離電話をかけた。

「やあ、父さん」オースチンは父親が出ると言った。「間が悪くなければいいんだけど」

このまえ父親と会ってから半年、通り一遍以上の会話をしてから数カ月が経っていた。忙しい生活だったとしても、あまりにも間遠すぎる。

船内が寝静まっているあいだに、オースチンと父親は昔の冒険について語り合い、近い将来の新たな冒険のプランを固めた。

数日後、船はようやく西海岸のパース港に着いた。ロシアの特殊部隊員や〈ラーマ〉の乗組員の報告と聴取がおこなわれた。結局、オーストラリアは押収した船を解放し、特殊部隊員には空路での出国を許可した。東京を経由し、ウラジオストクに送還された彼らは、そこで上官からさらなる尋問を受けたにちがいない。

ハード島からの回収作業は不首尾に終わった。ダーク・ピットとの遠隔会議で、オースチンは説明した。

「地中ソナーを使って坑道やセロの研究所が位置していたエリアの調査がおこなわれています。広い空間が残存する形跡はありません。核爆発でセロの研究所と内部にあったものはすべて気化したと考えてまず間違いない。衝撃波が天然の洞穴の構造を分裂させ、残ったものを収縮させたかのようです。下部の岩盤は今後何年か放射能を帯びたままとなるでしょう。おかげで調査はさらに厄介になり、震動と爆発のためにウインストン氷河の底面は液化しました。氷河は前進したんです。残っているものがあるとしても、それは気化しただけでなく、何百万トンもの岩と氷の下に埋まっている」

画面上で、ピットが思案顔でうなずいた。「まんざら悪いことばかりじゃない」

「同感です」オースチンは言った。

ピットがヘイリーのほうを向いた。「国連でこの種のエネルギーの研究を禁止する条約が起草されている。きみが開発したセンサーはその禁止の施行にあたって、大きな役割を果たすはずだ」

「珍しく建設的なことができたのね、よかった」とヘイリーが言った。

「きみは何百万人もの死を防いだことになる」ピットが返した。「これほど建設的なことはないはずだ」

ヘイリーは笑顔になった。

「きわどいところでした」と彼女は言った。「どうやら、あの無人の地で連続して地震が起きたらしくて。まだ余震を感じるけれど、日に日に減ってはきています。それに断層も安定しているみたい」

「朗報だな」ピットが言った。「ところで、例の行方不明のダイアモンドの木箱のことだが。ＡＳＩＯのセシル・ブラッドショーからその行方を調べるよう依頼された。

ハード島原産なのだから、オーストラリアの財産ということになる」

オースチン、ザバーラ、そしてヘイリーはうなずいた。

「何か心当たりは？」

「噂は聞いたな」とオースチンは言った。「あのデヴリン――」

「デヴリン船長」ザバーラが訂正した。

「そうだ」オースチンは言った。「デヴリン船長と大胆不敵な一等航海士のマシンガが、ダイアモンドを生存している鉱夫と遺族たちに分配するように手配したと。まあ、ただの噂ですが。それにデヴリン船長はもうオーストラリアにいないから、これ以上はなにも出てきそうにない」

「それでけっこうだ」ピットはそう言ってザバーラのほうを向いた。「じつは別件で、ひとつ新しい仕事があるんだが、ミスター・ザバーラ」

ザバーラの眉毛(まゆげ)が釣りあがった。「いまは休暇中です」

「私のカレンダーでは、きみの休暇はちょうど終了したところだ」ピットが言った。「そこで、復帰後最初の任務としてケアンズに飛び、ドゥーリー小学校区の気の毒なハリントン先生に釈明してもらいたい。なぜグレートバリアリーフへの遠足の予定をすっぽかして、彼女の生徒たちをがっかりさせたのか」

「彼女、怒ってました？」とザバーラ。

ピットはうなずいた。「そのようだ。ただし、彼女が選ぶ単独の遠足に同行するなら、許すつもりはあるとのことだった。おそらくディナージャケットが必要になるだろう」

ザバーラはほっと息をつくと意気込んで言った。「この機関には尽くしてますからね。固定給にPR手当をプラスしてもらってもいいんじゃないかな」

オースチンは笑いだした。「想像してみろよ。あれだけエイリアンの話をしたのに、五年生の担任がおまえを誘拐するんだ」

「科学の名のもとに」ザバーラが言った。

ピットが笑った。「きみたちは私の誇りだ。また明日連絡する」

ピットが通信を切ると、ザバーラはオースチンとヘイリーに向きなおった。「こっちも出かけたほうがよさそうだ」

ヘイリーが腕を伸ばしてハグをした。「道中、気をつけて」と笑った。

「そうしよう」

オースチンは友を抱きしめた。「そっちがまだオーストラリアにいるようなら、東海岸にもどったときに顔を出す」

「到着の予定は？」

オースチンはヘイリーに視線を向けた。「それは徒歩の大陸横断がどのくらいかかるかによる」

ザバーラが吹き出した。「寝ずの番はごめんだ」と言ってドアを出ていった。

出会って以来、初めてふたりきりになると、オースチンはヘイリーの手を取り、キスをした。

「一緒に来てくれ」と彼女を連れて廊下に出た。

「どこに行くの？」ヘイリーが怪訝そうに訊いた。

「ちょっと遠出に」

ヘイリーは身体をこわばらせた。「旅行はもう充分すぎるくらいしたと思う」

オースチンはかまわず彼女を連れて廊下を進んだ。「きみの友人のブラッドショーが今夜パース・オーヴァルでおこなわれるラグビーの試合のチケットを送ってくれたんだ」

ヘイリーは律儀についてきたが、戸惑っている様子だった。「今夜って、ナイトゲーム？」

オースチンはうなずいた。

まだ正午をすぎたばかりだった。「いまから出かけるのはすこし早くない？」

「そうでもない。ぼくが選んだ交通手段を考えるとね」

彼女のためにドアを開けて外に出た。すると歩道脇にはヴィクトリア調の馬車が停まり、おとなしそうな栗色(くりいろ)の毛の馬がじっと佇(たたず)んでいた。

「こちらは〈尺取虫(インチワーム)〉」オースチンはそう言って、艶やかな栗毛の動物の肩を軽く叩いた。「西部地域でいちばんのんびりして、いちばん足取りの確かな馬と太鼓判を捺(お)されてる」

ヘイリーが満面に笑みを浮かべ、馬の耳の後ろをかいてやった。〈インチワーム〉は静かにいなないた。どうやら喜んでいるらしい。

「べつに悪いことじゃないわ、のんびりして、足取りがしっかりしてるって」と彼女は馬に話しかけた。「思いやりがあることも」とつづけて、オースチンに目をやった。

オースチンは乗りこむ彼女の手を握った。「足もとに気をつけて。〈インチワーム〉は一度も事故を起こしたことがないんだ、きみを第一号にはしたくない」

座席に落ち着いたヘイリーは、頬が痛くなるほど晴れ晴れと笑った。オースチンが隣りに乗って手綱(たづな)を取ると、ヘイリーは彼が用意してきたピクニックバスケットを覗いた。

「スタジアムまでどのくらいかかると思ってるの？」

「きみの時間はどのくらいある？」

「日が暮れるまで」と彼女は言った。「それから夜が明けるまで」

オースチンはうなずいた。「そういうことなら、近道をしたほうがいいな」

手綱で合図を送ると、〈インチワーム〉はその名に違わずのんびりと歩みだした。

ヘイリーが腕をオースチンの腰にまわし、頭を肩に預けてきた。

「わたし好みの速さよ」と彼女は言った。

オースチンは彼女を引き寄せた。それが妙にしっくりきたのである。

訳者あとがき

クライブ・カッスラーが世を去って一年が経つ。

このコロナ禍に健在であったなら、カッスラーはいったい何を思い、どんな作品を構想したのだろうか。そんなことを折りにふれて思いめぐらしながら訳出を進め、こうしてお目にかけることが叶(かな)ったのが本書、ＮＵＭＡファイルの第十一弾『テスラの超兵器を粉砕せよ』である。

もはやカッスラーのファンなら言わずと知れたＮＵＭＡ――国立海中海洋機関。ここに属するカート・オースチンとジョー・ザバーラが、海洋に潜む大いなる神秘から世界を恐怖におとしいれようとする巨悪の陰謀まで、現代のテクノロジーを駆使してその謎に迫り、そして敵の野望を打ち砕いていく。

その時々のトピックを軸に、胸のすく痛快な冒険活劇に仕立ててみせるのがこの作家の真骨頂である。どの巻からひもといてくださっても一向にかまわない。いずれの作品にも、窮地にあってなお慌てず騒がず、ユーモアさえ忘れず、自らが持つ力と勇気を恃みに敵に立ち向かっていくヒーロー像があますところなく描かれている。

さて、本作について簡単にふれておくと――

いまやテスラと言えば、最先端を行く電気自動車としてあまねく知れわたっているが、その名称は発明家ニコラ・テスラに因る。

この発明家テスラは謎に満ちた人物である。誘導モーターを発明して交流電気の輸送を実現し、さらには無線送電を発想したり、また逸早く垂直離着陸機を設計するなど、無二の天才科学者としての業績を誇りながら、一方で殺人兵器の開発にも着手したという、いわばマッドサイエンティストの一面をも併せ持っていた。

その死後に、遺された厖大な論文が当局に押収されたというエピソードも、この人物にまつわる謎に拍車をかけ、人々の（あるいは〝陰謀論者〟の）興味を惹いてやまないゆえんである。

すでに本シリーズの六作目にあたる『運命の地軸反転を阻止せよ』（新潮文庫刊）においても、テスラ変圧器を基にした兵器によるとてつもない謀略が展開されているが、やはりというべきか、テスラの存在は作家の心をくすぐるのだろう。本作でふたたび登場する。

今回オースチンたちは、生み出したエネルギーを極限まで増幅し、地震を誘発させる兵器をもって世界に復讐を遂げようとする人物と対峙するのだが、この地震発生装置というのも、テスラが現実に考案したものだった。

カッスラーが晩年に著わした作品で、扶桑社ミステリーから刊行されている『大追跡』のなかに、主人公の探偵アイザック・ベルが一九〇六年のサンフランシスコ大地震に遭遇する場面がある。その凄惨な被害をもたらす原因となった揺れを起こしたのは、じつはテスラの発明を実験に移した軍関係者だった――というのが本作の物語の端緒となっている。

その真偽のほどはともかく、ここからはじまるNUMAの面々の活躍をどうぞご覧いただきたい。こんな時期にこそ、読書は一服の清涼剤になると思うのだ。

（二〇二一年三月）

著作リスト（ジュブナイル及びノンフィクションは除く）

〈ダーク・ピット〉シリーズ

The Mediterranean Caper／一九七三年／海中密輸ルートを探れ（新）
Iceberg／一九七五年／氷山を狙え（新）
Raise the Titanic!／一九七六年／タイタニックを引き揚げろ／本書（扶）
Vixen 03／一九七八年／QD弾頭を回収せよ（新）
Night Probe!／一九八一年／マンハッタン特急を探せ（新）
Pacific Vortex!／一九八三年／スターバック号を奪回せよ（新）
Deep Six／一九八四年／大統領誘拐の謎を追え（新）
Cyclops／一九八六年／ラドラダの秘宝を探せ（新）
Treasure／一九八八年／古代ローマ船の航跡をたどれ（新）
Dragon／一九九〇年／ドラゴンセンターを破壊せよ（新）
Sahara／一九九二年／死のサハラを脱出せよ（新）
（この作品は、ブレック・アイズナー監督『サハラ―死の砂漠を脱出せよ―』として
二〇〇五年に映画が公開された）
Inca Gold／一九九四年／インカの黄金を追え（新）

Shock Wave／一九九六年／殺戮衝撃波を断て（新）
Flood Tide／一九九七年／暴虐の奔流を止めろ（新）
Atlantis Found／一九九九年／アトランティスを発見せよ（新）
Valhalla Rising／二〇〇一年／マンハッタンを死守せよ（新）
Trojan Odyssey／二〇〇三年／オデッセイの脅威を暴け（新）
Black Wind／二〇〇四年／極東細菌テロを爆砕せよ（新／＊1）
Treasure of Khan／二〇〇六年／ハーンの秘宝を奪取せよ（新／＊1）
Arctic Drift／二〇〇八年／北極海レアメタルを死守せよ（新／＊1）
Crescent Dawn／二〇一〇年／神の積荷を守れ（新／＊1）
Poseidon's Arrow／二〇一二年／ステルス潜水艦を奪還せよ（新／＊1）
Havana Storm／二〇一四年／カリブ深海の陰謀を阻止せよ（新／＊1）
Odessa Sea／二〇一六年／黒海に消えた金塊を奪取せよ（扶／＊1）
Celtic Empire／二〇一九年／ケルト帝国の秘薬を追え（扶／＊1）

〈NUMAファイル〉シリーズ（カート・オースチン）
Serpent／一九九九年／コロンブスの呪縛を解け（新／＊2）
Blue Gold／二〇〇〇年／白き女神を救え（新／＊2）

Fire Ice／二〇〇二年／ロマノフの幻を追え（新／＊2）
White Death／二〇〇三年／オケアノスの野望を砕け（新／＊2）
Lost City／二〇〇四年／失われた深海都市に迫れ（新／＊2）
Polar Shift／二〇〇五年／運命の地軸反転を阻止せよ（新／＊2）
The Navigator／二〇〇七年／フェニキアの至宝を奪え（新／＊2）
Medusa／二〇〇九年／パンデミックを阻止せよ（新／＊2）
Devil's Gate／二〇一一年／粒子エネルギー兵器を破壊せよ（扶／＊3）
The Storm／二〇一二年／気象兵器の嵐を打ち払え（扶／＊3）
Zero Hour／二〇一三年（本書／＊3）
Ghost Ship／二〇一四年（＊3）
The Pharaoh's Secret／二〇一五年（＊3）
Nighthawk／二〇一七年（＊3）
The Rising Sea／二〇一八年（＊3）
Sea of Greed／二〇一八年（＊3）
Journey of the Pharaohs／二〇二〇年（＊3）

〈オレゴン号〉シリーズ（ファン・カブリーヨ）

Golden Buddha／二〇〇三年（＊4）

Sacred Stone／二〇〇四年（＊4）

Dark Watch／二〇〇五年／日本海の海賊を撃滅せよ！（ソ／＊5）

Skeleton Coast／二〇〇六年／遭難船のダイヤを追え！（ソ／＊5）

Plague Ship／二〇〇八年／戦慄のウイルス・テロを阻止せよ！（ソ／＊5）

Corsair／二〇〇九年／エルサレムの秘宝を発見せよ！（ソ／＊5）

The Silent Sea／二〇一〇年／南極の中国艦を破壊せよ！（ソ／＊5）

The Jungle／二〇一一年／絶境の秘密寺院に急行せよ！（ソ／＊5）

Mirage／二〇一三年／謀略のステルス艇を追撃せよ！（扶／＊5）

Piranha／二〇一五年／水中襲撃ドローン〈ピラニア〉を追え！（扶／＊6）

The Emperor's Revenge／二〇一六年／ハイテク艤装船の陰謀を叩け！（扶／＊6）

Typhoon Fury／二〇一七年／戦慄の魔薬〈タイフーン〉を掃滅せよ！（扶／＊6）

Shadow Tyrants／二〇一八年／秘密結社の野望を阻止せよ！（扶／＊6）

Final Option／二〇一九年／悪の分身（ドッペルゲンガー）船を撃て！（扶／＊6）

Marauder／二〇二〇年（＊6）

〈探偵アイザック・ベル〉シリーズ

The Chase／二〇〇七年／大追跡（扶）
The Wrecker／二〇〇九年／大破壊（扶／＊7）
The Spy／二〇一〇年／大諜報（扶／＊7）
The Race／二〇一〇年（＊7）
The Thief／二〇一二年（＊7）
The Striker／二〇一三年（＊7）
The Bootlegger／二〇一四年（＊7）
The Assassin／二〇一五年（＊7）
The Gangster／二〇一六年（＊7）
The Cutthroat／二〇一七年（＊5）
The Titanic Secret／二〇一九年（＊5）
The Saboteurs／二〇二〇年（＊5）

〈ファーゴ夫妻〉シリーズ

Spartan Gold／二〇〇九年／スパルタの黄金を探せ！（ソ／＊8）
Lost Empire／二〇一〇年／アステカの秘密を暴け！（ソ／＊8）

The Kingdom／二〇一一年／ヒマラヤの黄金人を追え！（ソ／＊8）
The Tombs／二〇一二年／蛮族王アッティラの秘宝を探せ！（ソ／＊9）
The Mayan Secrets／二〇一三年／マヤの古代都市を探せ！（扶／＊9）
The Eye of Heaven／二〇一四年／トルテカ神の聖宝を発見せよ！（扶／＊10）
The Solomon Curse／二〇一五年／ソロモン海底都市の呪いを解け！（扶／＊10）
Pirate／二〇一六年／英国王の暗号円盤を解読せよ！（扶／＊11）
The Romanov Ransom／二〇一七年／ロマノフ王朝の秘宝を奪え！（扶／＊11）
The Gray Ghost／二〇一八年／幻の名車グレイゴーストを奪還せよ！（扶／＊11）
The Oracle／二〇一九年（＊11）
Wrath of Poseidon／二〇二〇年（＊11）

※出版社は新潮社（新）、ソフトバンク文庫（ソ）、扶桑社（扶）。
共作者はダーク・カッスラー（＊1）、ポール・ケンプレコス（＊2）、グラハム・ブラウン（＊3）、クレイグ・ダーゴ（＊4）、ジャック・ダブラル（＊5）、ボイド・モリソン（＊6）、ジャスティン・スコット（＊7）、グラント・ブラックウッド（＊8）、トマス・ペリー（＊9）、ラッセル・ブレイク（＊10）、ロビン・バーセル（＊11）。

●訳者紹介　**土屋 晃**（つちや　あきら）

1959年東京都生まれ。慶應義塾大学文学部卒業。翻訳家。訳書に、カッスラー&ブラウン『粒子エネルギー兵器を破壊せよ』『気象兵器の嵐を打ち払え』、カッスラー『大追跡』、カッスラー&スコット『大破壊』『大諜報』（以上、扶桑社ミステリー）、ミッチェル『ジョー・グールドの秘密』（柏書房）、ディーヴァー『オクトーバー・リスト』（文春文庫）、トンプスン『漂泊者』（文遊社）など。

テスラの超兵器を粉砕せよ（下）

発行日　2021年4月10日　初版第1刷発行

著　者　クライブ・カッスラー&グラハム・ブラウン
訳　者　土屋 晃

発行者　久保田榮一
発行所　株式会社 扶桑社

〒105-8070
東京都港区芝浦1-1-1　浜松町ビルディング
電話　03-6368-8870(編集)
　　　03-6368-8891(郵便室)
www.fusosha.co.jp

印刷・製本　図書印刷株式会社

ISBN 978-4-594-08759-3　C0197